Laura Summers

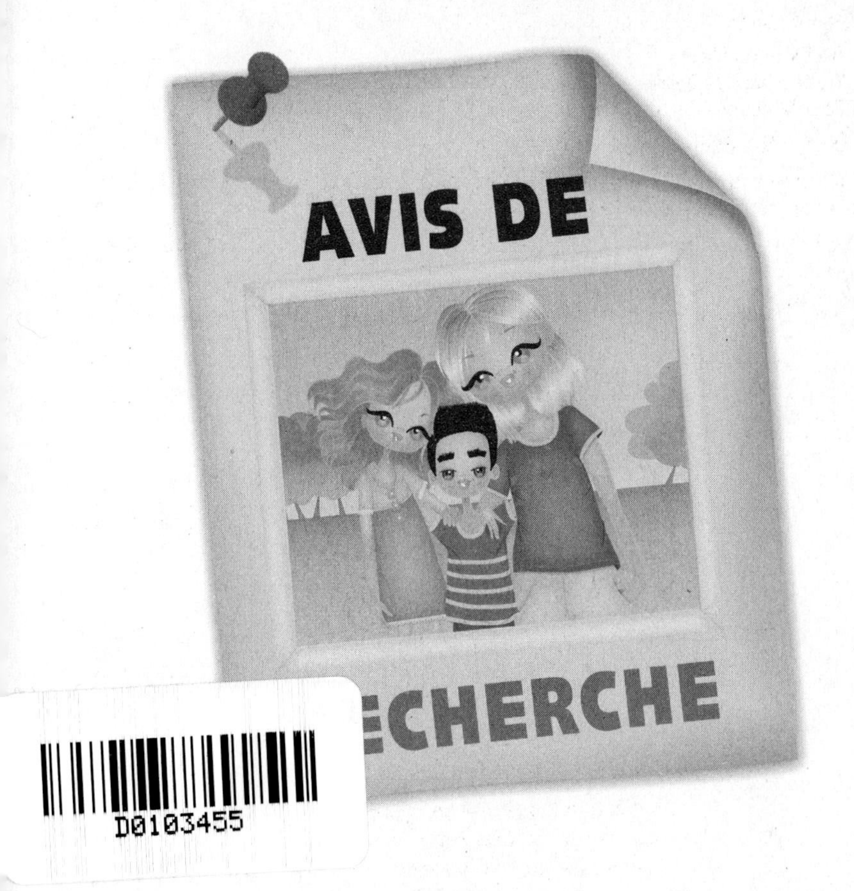

Traduit et adapté de l'anglais
(Angleterre)
par Anne Bricaud

ÉDITIONS DE MORTAGNE

Chapitre 1

Je m'appelle Rhianna Jeanne David, mais ma jumelle, Vicky, m'appelle toujours Nana. Je suis beaucoup plus grande qu'elle, mais, comme elle a quarante-sept minutes et demie de plus que moi, elle essaie toujours de me dire quoi faire. Quand elle me gronde parce que j'ai renversé mon yogourt, que j'ai mis mon t-shirt à l'envers ou quelque chose comme ça, j'agis comme si je ne l'entendais pas et je me mets à chanter très fort. Ensuite, je la traite de vilaine nouille poilue, ce qui la fâche vraiment. Elle fait alors cette drôle de grimace: ses lèvres s'étirent vers ses oreilles et ses yeux deviennent des triangles. On dirait qu'elle va exploser, mais ce n'est encore jamais arrivé. La plupart du temps, elle se contente de me crier après en tapant du pied, avant de partir et de claquer la porte si fort que ça résonne à mes oreilles.

Demain, c'est notre fête. Nous allons avoir quatorze ans, et j'ai très hâte. J'ai fabriqué une carte pour Vicky. Dessus, j'ai collé des trucs brillants et des bouts de guirlande de Noël que j'ai trouvés dans le placard sous l'escalier. Jamie m'a aidée à écrire les mots sans fautes et à essuyer la colle pour que Vicky puisse ouvrir la carte. Jamie, c'est notre petit frère. Ses sourcils noirs ressemblent à des chenilles et ses cheveux sont aussi raides que des poils de brosse à toilettes. Il a dix ans et s'attire tout le temps des ennuis.

Je ne suis pas dans la même classe que Vicky, parce que je suis dans le programme d'éducation spécialisée. «Spécialisé», ça ne veut pas dire *spécial*. D'ailleurs, il n'y a pas grand-chose de spécial, dans ma classe, à part la grosse tache brune au plafond, à cause du toit qui fuit quand il pleut. Vicky se fâche très fort quand les autres élèves me disent des méchancetés. Un jour, Charlène Jackson m'a traitée de «neurone mou». Vicky s'est précipitée vers elle et lui a dit qu'elle aimerait la voir essayer de passer presque une heure sans respirer. Parce que c'est ce qui m'est arrivé quand je suis née. J'étais en train de sortir du *vous savez quoi* de ma mère, et je suis restée coincée. Sans doute parce que j'ai vraiment de grands pieds. Je chausse du 10. Vicky fait seulement du 7, et Jamie porte des souliers microscopiques de taille 6,5.

Chapitre 2

Je pense qu'il était à peine cinq heures quand Rhianna m'a réveillée ce matin. Cinq heures, et elle me criait déjà dans les oreilles, tout excitée.

— Allez, allez, viens, Vicky, on descend, on va voir nos cadeaux !

Je l'ai ignorée le plus longtemps possible, mais, quand elle m'a arraché ma couette et s'est mise à sauter sur mon lit, de toute la force de ses soixante kilos, j'en ai eu assez. Ça commençait à bien faire. Elle me rend dingue. C'est vraiment étrange : elle a beau avoir une mémoire extraordinaire et se souvenir de choses qui ont eu lieu il y a des années, elle n'a aucune conscience du temps. Même les concepts de « petite aiguille » et de « grande aiguille » lui passent complètement par-dessus la tête. Généralement, elle ne sait même pas quel jour de la semaine on est ou si on vient juste de prendre le déjeuner, le dîner ou le souper.

— Fiche-moi la paix, Nana ! Retourne te coucher ! lui ai-je crié.

Pas de danger qu'elle le fasse. Elle s'est précipitée au rez-de-chaussée afin d'attendre le « monsieur de la poste ». Au bout de vingt minutes, comme je n'entendais aucun bruit, je suis descendue pour vérifier qu'elle ne s'était pas électrocutée, qu'elle n'avait pas inondé la cuisine, ou qu'elle ne s'était pas électrocutée en inondant la cuisine. Elle était assise sur le paillasson et agitait un insecte mort du bout du doigt.

— Allez, Nana, retourne au lit...

— Mais papa nous a peut-être envoyé quelque chose.

— Le facteur ne passe que dans deux heures et, de toute façon, on ne sait même pas s'il...

Je me suis tue et je l'ai regardée, inconfortablement installée sur le paillasson, ses jambes croisées comme celles d'une marionnette désarticulée, ses grands yeux gris pleins d'espoir fixés sur la boîte aux lettres. Je ne voulais pas briser son rêve, mais les choses ont changé. Nous sommes tout seuls, Jamie, elle et moi. Enfin, je veux dire que papa et maman ne sont plus là. Maman est morte il y a plus de deux ans et papa... Je n'ai pas envie d'entrer dans les détails, mais disons que papa n'est plus là. Tout ne va pourtant pas si mal. Depuis huit mois, nous sommes placés chez un couple adorable, Paul et Sarah. Nous avons dû changer d'école, mais, au moins, nous en avons fini avec tous ces immondes foyers d'accueil pour enfants. C'était vraiment l'horreur, ces foyers.

Je voyais bien que Rhianna n'allait pas bouger. J'ai fini par céder, j'ai attrapé la couverture sur le canapé et je l'ai enroulée dedans, parce que ses mains et ses pieds tiraient sur le violet. Je suis allée me verser un verre de lait dans la cuisine, en me demandant si Matt me donnerait une carte de fête.

Matt, c'est ce super beau garçon qui est de la même année que moi. Entendons-nous bien, ce n'est pas mon copain ni rien... mais il va me retrouver au bout de ma rue ce matin et nous allons marcher ensemble jusqu'à l'école. Mon amie Rosie m'a dit que, de toute évidence, il me trouve digne d'attention. (Oui, c'est un peu bizarre, mais elle parle vraiment de cette façon.) En tout cas, vous auriez dû voir la tête de Charlène Jackson quand elle a appris ça. Elle était trooop jalouse, parce qu'il est considéré comme le garçon le plus *cool* de la troisième secondaire. Et il m'aime bien. Moi ! Oui, moi, Vicky « La Crevette » David.

Laissez-moi vous expliquer. Je suis toute petite. Mes cheveux sont roux et bouclés, et je n'arrive jamais à en faire ce que je veux (imaginez une boule rouquine et crépue). Je rougis quand je suis gênée (ce qui arrive bien trop souvent) et j'ai des tonnes de taches de rousseur (hum, passons !). En plus, je porte des chaussures confortables et bien plates (dans les deux sens du terme !) pour aller à l'école (merci, Sarah !). Depuis mon arrivée, je ne me suis fait qu'une seule amie – Rosie –, qui est la bollée de l'école et dévore les romans de Jane Austen au lieu de lire des magazines pour ados. Charlène, elle, a des cheveux blonds qui lui descendent jusqu'à la taille, s'habille super à la mode et porte des talons hauts avec lesquels elle arrive à peine à marcher. N'importe qui s'arracherait les deux bras avec les dents rien que pour faire partie de sa bande. Sauf Rosie, bien sûr, parce qu'elle s'en fiche complètement, et moi... enfin, je crois. De toute façon, j'ai anéanti toutes mes chances de devenir copine avec

Charlène quand elle s'est moquée de Nana et que je lui ai dit exactement où elle pouvait aller se faire voir.

D'ailleurs, j'espérais que Rhianna n'allait pas piquer une crise en apprenant qu'elle devait se rendre à l'école avec Jamie. Ce n'est pas moi qui allais m'occuper d'elle, en tout cas pas ce jour-là. Elle est tellement bébé. Elle aurait tout gâché. Elle gâchait toujours tout.

Quand le facteur est enfin arrivé, il nous a donné une lettre pour Sarah et quelques cartes d'anniversaire. Paul et Sarah sont descendus alors que Nana était en train d'ouvrir toutes nos cartes.

— Vous ne nous chantez pas Bonne fête ? ai-je plaisanté.

Sarah a souri et était sur le point de dire quelque chose quand, tout à coup, elle a grimacé, pris une grande inspiration, puis s'est frotté le ventre.

— Aïïïe !

— Ça va, ma chérie ? lui a demandé Paul.

Sarah a hoché la tête et s'est forcée à faire un petit sourire tendu.

— Ça va. Mais je crois bien qu'on va se retrouver avec un champion de karaté !

Paul et Sarah sont la meilleure chose qui nous soit arrivée depuis longtemps, et la situation est sur le point de devenir encore plus géniale. Bien que Sarah soit franchement vieille (elle doit bien avoir quarante-trois ans), elle va avoir un bébé ! Paul et Sarah étaient aux anges quand ils l'ont appris, et nous avons été ravis aussi quand ils nous ont précisé que nous resterions chez eux quand même. Hourra ! Jamie et moi, nous voulons que ce soit un garçon, Rhianna espère une fille, mais Paul et Sarah disent que ça leur est égal, pourvu qu'il soit en bonne santé. Donc, dans quelques mois, nous allons tous nager dans les couches, les chaussons et les microbes, et, croyez-le ou non, nous avons tous très hâte d'y être.

Rhianna était en train de regarder les cartes les unes après les autres. Elle voulait absolument en trouver une avec un gros « 14 ». Madame Frank nous a envoyé une carte chacune. C'est notre travailleuse sociale, mais Jamie a réussi à convaincre Nana qu'elle est en réalité une sorcière, parce qu'elle a un grain de beauté poilu sur le visage. Comme d'habitude, elle a mal orthographié le prénom de Rhianna, mais, au moins, grâce à elle, notre nombre de cartes a augmenté de cinquante pour cent. Il n'y avait rien de la part de papa. Quand Nana s'en est rendu compte, ses grands yeux gris se sont emplis de larmes et son visage tout rond s'est crispé.

— Ne t'en fais pas, Nana, l'ai-je rassurée en la serrant dans mes bras, le haut de ma tête se nichant sous son menton. Il n'y a peut-être pas de boîte aux lettres, là où il est.

Paul a levé les yeux de la rôtie qu'il était en train de beurrer et je me suis sentie rougir.

— Le travail de papa est super important, tu sais, il faut bien qu'il apporte ces médicaments et cette nourriture à tous ces réfugiés, ai-je chuchoté à l'oreille de Rhianna, une fois que j'ai été certaine que Paul était trop loin pour m'entendre.

Il est hors de question que Rhianna ou Jamie sachent où papa se trouve vraiment. Personne ne doit le savoir. C'est un affreux secret, et il vaut mieux que ça le reste.

Quand nous sommes arrivés chez Paul et Sarah, j'ai jeté un œil à nos papiers pendant que madame Frank bavardait et ne me regardait pas. J'ai parcouru les pages, qui détaillaient tous les foyers d'accueil dans lesquels nous avions vécu, puis j'ai vu la mention *Pas de contacts avec le père* griffonnée à la hâte en grosses lettres. Je me souviens du soulagement qui m'a envahie quand j'ai compris que c'était fini. Je n'avais pas besoin de plus d'explications : madame Frank l'avait effacé de nos vies.

Nana m'a donné sa carte et j'en ai fait tout un plat. Je savais qu'elle la fabriquait depuis environ deux semaines, mais j'ai réagi comme si c'était une grosse surprise. Sa carte ressemblait aux bricolages que Jamie rapportait de la garderie quand il était petit. Elle était couverte de taches de peinture et de grosses lettres toutes tordues. J'ai serré Nana de nouveau dans mes bras et lui ai affirmé que c'était la plus belle carte que j'aie jamais reçue. Elle a eu l'air si fière que j'ai su qu'elle me croyait. Ensuite, je lui ai donné son cadeau, un Furby – une peluche qui parle et dont il faut s'occuper comme d'un bébé, justement. Elle en voulait un depuis une éternité. Puis je me suis dit que c'était sans doute le bon moment, alors je lui ai annoncé qu'elle devrait se rendre à l'école avec Jamie aujourd'hui.

Ouf ! Mauvaise idée. Elle a piqué une telle crise qu'on aurait cru que je venais de lui ordonner de se plonger la tête dans un seau plein de vers de terre. L'ouragan a éclaté en une seconde.

— Je te déteste ! a-t-elle hurlé. J'allais te donner une de mes poupées Barbie en cadeau (elle avait coupé les cheveux de ses deux Barbie la semaine précédente en jouant à la coiffeuse), mais plus maintenant. T'es… t'es rien qu'une… plouftine !

Ne me demandez pas ce qu'est une plouftine, je n'en ai pas la moindre idée. C'est seulement un de ces mots spéciaux que Rhianna utilise quand elle se fâche. Elle a repris sa carte brusquement et s'est assise dessus. Paul a essayé de la calmer, mais je sais bien que, quand elle est furieuse, il vaut mieux la laisser tranquille, sinon ça ne fait qu'empirer les choses. Je me suis dit que j'allais me faire pardonner après l'école. Sarah m'avait permis de lui acheter un gâteau. Il a coûté une fortune et avait l'air vraiment quétaine avec son glaçage bleu vif, mais il y avait une photo du *boy band* préféré de Nana dessus. Je suis donc allée chercher mon sac d'école dans l'entrée, puis je suis sortie sans bruit.

Chapitre 3

Tous les gars sont dégueus. Et ceux qui s'appellent Matt sont les plus dégueus. Vicky aurait pu me laisser me joindre à eux. Je n'aurais rien dit. J'aurais pu marcher derrière, ils ne se seraient même pas rendu compte que j'étais là. Je marche super silencieusement, même avec mes gros souliers.

Je déteste marcher jusqu'à l'école avec Jamie. Il m'a dit qu'on devait passer super vite devant la maison d'un gars pour qu'il ne nous voie pas, mais il nous a vus quand même, alors Jamie a crié «Grouille!» et on s'est mis à courir. Il a failli me faire tomber tellement on allait vite. J'ai attrapé un point de côté, mais Jamie ne voulait pas s'arrêter. On a couru jusque chez Sam (son ami) et on a frappé très fort. La maman de Sam a ouvert et le garçon s'est enfui à toute vitesse en criant à Jamie qu'il allait lui casser la figure après l'école, avec ses copains. Jamie lui a hurlé qu'il s'en fichait, mais son visage est devenu tout blanc, comme quand madame Frank nous a dit que nous n'avions plus le droit de vivre avec papa.

Nous sommes sortis à l'arrière et nous sommes allés dans les bois. Jamie et Sam m'ont montré leur campement. Mais c'est un secret, alors ne le dites à personne. Jamie, Sam et moi, on est les seuls à connaître cet endroit. Ils ont fait une petite cabane avec des branches et des fougères. C'est vraiment agréable, à l'intérieur, tout vert et feuillu.

On a fait les fous pendant super longtemps. Jamie et Sam ont agrandi la cabane et j'ai préparé un délicieux ragoût. C'est facile comme tout. On prend juste plein de feuilles, plein de boue, plein d'autres trucs, on met tout ça dans un trou dans la terre et on mélange avec un grand bâton. Je n'avais pas d'eau alors j'ai utilisé la boisson de ma collation. J'ai dû enlever quelques vilaines bibittes, mais ça avait l'air bon quand même.

– On va revenir ici, demain, avant l'école, a dit Jamie.

– Ouais, je passerai vous chercher vraiment tôt, a répondu Sam.

Quand Jamie m'a déposée devant le portail de l'école, tout le monde était déjà entré. Madame Édouard était en train de parler avec Vicky, devant la classe d'éducation spécialisée.

– Mais où étais-tu passée, Rhianna David? m'a crié Vicky.

Elle avait les yeux tout rouges et gonflés. J'ai baissé le regard et commencé à compter les carreaux de linoléum. Je n'allais certainement pas lui parler du campement de Jamie. Tant pis pour elle si elle se faisait gronder par madame Édouard. Elle n'avait qu'à ne pas partir avec un sale garçon, n'est-ce pas?

Madame Édouard a dit que, heureusement, tout allait bien et que Vicky ferait mieux d'aller en cours. Nous avons fait la cuisine toute la matinée, et j'ai préparé des allumettes au fromage. Mais il ne faut pas les allumer. Sinon, elles seront toutes brûlées; ce ne sera pas bon.

J'ai gardé mes trois plus grosses allumettes au fromage pour Vicky. Avant de rentrer à la maison, je les ai enveloppées dans du papier d'aluminium que madame Édouard m'avait donné, mais Vicky n'en voulait pas. Elle m'a dit qu'elle était encore fâchée contre moi pour ce qui s'était passé ce matin.

On marchait dans le couloir quand elle s'est arrêtée d'un coup, s'est retournée et s'est mise à fixer le babillard.

– Qu'est-ce qui se passe, Vicky? lui ai-je demandé.

Mais elle ne m'a pas répondu. Puis, ce garçon très grand est arrivé près d'elle et elle est devenue toute rouge. Même dans le cou. Elle ressemblait à une grosse tomate toute rouge.

– T'as l'air d'une grosse tomate, Vicky, lui ai-je fait remarquer.

Elle n'a rien répondu, alors j'ai répété, mais bien plus fort, cette fois.

– Vicky, t'as l'air d'une grosse tomate, je te dis !

– Mais tais-toi ! a-t-elle grogné entre ses dents, avant de faire un sourire éclatant au garçon.

C'était Matt la patate. Il a vu mon petit paquet de papier d'aluminium enroulé autour de mes allumettes au fromage et il a voulu savoir ce que c'était. Je lui ai répondu que c'était des allumettes au fromage et il m'a demandé s'il pouvait en avoir une. Je n'avais pas envie de lui en donner, mais je me suis dit que, s'il devenait aussi mon ami, Vicky me laisserait aller à l'école avec eux le lendemain. Il en a pris deux. Il en avait demandé seulement une. C'est fou, il y a des gens qui ne savent même pas compter.

– Tu dois être la cousine de Vicky, m'a-t-il dit en souriant.

– C'est ma sœur, lui ai-je rétorqué. On est jumelles.

Vicky fixait ses souliers.

– Oh, a-t-il fait, Vicky m'a dit que vous étiez cousines...

Je l'ai entendue m'appeler, mais je ne me suis pas arrêtée. Je suis passée devant les toilettes en courant. Charlène Jackson se tenait près de la porte, appuyée contre le mur, et elle parlait avec une autre fille. Elles ont éclaté d'un rire perçant, puis Charlène a tendu la jambe et je suis tombée pendant que l'autre fille disait : « Minable. »

J'avais peur, alors je me suis relevée tout de suite et je suis sortie en courant de l'école, et je suis arrivée dans la rue. Vicky me hurlait de m'arrêter, mais j'ai continué. J'ai traversé en courant. Une voiture s'est arrêtée brusquement dans un hurlement de freins et le conducteur a descendu sa fenêtre pour me crier de gros mots.

Vicky m'a rattrapée et m'a tirée sur le trottoir. Elle était vraiment en colère.

– Espèce d'imbécile ! Tu aurais pu te faire renverser !

Je me suis dégagée et j'ai fait un pas en arrière.

– Laisse-moi tranquille !

– Tu n'as pas le droit de rentrer toute seule à la maison. Tu le sais !

– Je te déteste, Vicky !

– Bien.

– J'aimerais ne pas avoir de sœur. Surtout une horrible sœur jumelle comme toi.

– C'est réciproque.

– C'est toi qui es réciproque !... Et puis tu sens mauvais. Très, très mauvais ! lui ai-je crié.

Nous sommes parties vers la maison. Je ne voulais pas qu'elle marche à côté de moi alors, chaque fois qu'elle était sur le point de me rattraper, je partais en courant. Ça lui tapait vraiment sur les nerfs. Bien fait pour elle. J'aimerais qu'elle soit *vraiment* ma cousine ! Comme ça, je ne serais pas obligée de la voir tous les jours et de partager ma chambre avec elle, ni de l'écouter ronfler comme un gros hippopotame chaque nuit.

Quand nous sommes arrivées à la maison, madame Frank était là. Je lui ai demandé si elle m'avait apporté un cadeau, mais elle a juste marmonné quelque chose que je n'ai pas compris. Paul est arrivé, l'air très sérieux. Madame Frank nous a annoncé qu'elle devait nous parler de quelque chose de très important. Je lui ai répondu que je savais déjà d'où venaient les bébés à cause de Sarah et que c'était vraiment dégoûtant et que je n'allais jamais en avoir. Paul s'est assis et nous a appris que Sarah était à l'hôpital. Je lui ai demandé si le bébé était en train de naître, mais madame Frank m'a répondu qu'il était bien trop tôt.

— Mais qu'est-ce qu'elle fait là-bas, alors ? ai-je ajouté.

Madame Frank nous a raconté que Sarah n'était pas dans son assiette et qu'elle allait devoir rester à l'hôpital pour qu'ils puissent les surveiller, elle et le bébé, et s'assurer que tout allait bien. Paul n'arrêtait pas de parler entre ses dents et de dire qu'il était désolé. Puis, il a déclaré qu'il n'allait pas pouvoir s'occuper de nous pendant quelque temps. J'ai demandé si Sarah allait partir comme maman, et il s'est mis à pleurer, alors je lui ai donné ma dernière allumette au fromage. Il ne l'a pas mangée, il s'est contenté de la regarder et de la faire rouler sur la table comme si ce n'était qu'un petit bout de bois.

Jamie est entré en trombe. Il était tout essoufflé et avait du sang sur le visage. Il l'a essuyé avec sa manche, mais personne d'autre que moi ne l'a remarqué, parce qu'ils étaient tous en train de pleurer, à part madame Frank qui tapotait la main de Paul. Son vernis était un peu écaillé, alors j'ai bien regardé, mais je n'ai pas vu de noir, dessous. (Jamie m'a expliqué que les sorcières ont les ongles noirs.) Jamie a demandé :

— Mais qu'est-ce qui se passe ?

Madame Frank lui a tout raconté. Quand il a voulu savoir chez qui nous irions, Paul a regardé madame Frank et n'a soufflé mot.

Jamie a dit qu'il était hors de question qu'il retourne dans ces *gros mot* de *gros mot* de *très gros mot* de foyers d'accueil. Madame Frank ne l'a même pas grondé, elle a juste soupiré et a dit que nous ne pouvions pas y retourner, de toute façon, parce qu'il n'y avait plus de place nulle part. J'ai demandé :

— Mais alors, on va aller où ?

Il y a eu un autre silence. Puis madame Frank a dit que j'irais dans une super école, où il y a une piscine, et que je n'aurais pas besoin de rentrer à la maison après les cours, que je resterais dormir là-bas et que ce serait comme une soirée pyjama tous les soirs. J'ai toujours voulu faire une soirée pyjama, mais mon amie Maxine ne peut jamais rester dormir, parce qu'elle fait des drôles de crises quand elle s'endort. J'ai répondu que c'était super et que j'avais vraiment hâte, mais Vicky a répliqué qu'il n'était pas question que je me fasse envoyer là-bas toute seule.

— Mais non, tu vas venir aussi, Vicky, ai-je dit. Et puis Jamie aussi. Je vais leur dire que tu n'aimes pas nager.

J'ai mon badge des cinq cents mètres. Vicky affirme qu'elle sait nager, mais ce n'est pas vrai - je l'ai regardée, et elle pose tout le temps les pieds au fond.

Madame Frank a précisé qu'ils ne pourraient pas y aller avec moi parce que ce n'était pas une école pour eux. Je lui ai demandé pourquoi, et elle m'a répondu que c'était une école spéciale. Je lui ai dit que Vicky et Jamie étaient spéciaux et elle a hoché la tête en répétant que, bien sûr, ils l'étaient. Mais, ensuite, elle a déclaré qu'elle avait réussi à trouver deux familles qui pouvaient accueillir chacun un enfant pendant un certain temps. Madame Frank a ajouté qu'elle était désolée, mais que tout était décidé. Nous partions le lendemain.

Chapitre 4

Je l'ai suivie hors de la pièce.

— Demain ? Demain ! Pas question ! ai-je hurlé. Vous ne pouvez pas nous faire ça !

— J'ai couru partout pendant la moitié de l'après-midi pour vous trouver des places, à tous les trois, a-t-elle soupiré. Crois-moi, nous avons de la chance d'avoir ça.

— Nous ? NOUS ? Il n'y a pas de « nous » ! Ce n'est pas *vous* qui allez vous faire envoyer dans une famille horrible ou dans une sale école où vous ne connaissez personne et où personne ne vous connaît !

Elle s'est retournée et m'a regardée.

— Ça ne sert à rien de piquer une crise, Vicky, m'a-t-elle lancé, avec un air de « je suis une travailleuse sociale bienveillante et attentionnée ». Il n'y a *aucune* autre solution.

Je sentais la colère bouillonner en moi. Elle a dû s'en rendre compte, parce qu'elle a continué :

— Je vais te laisser le temps de te calmer. Ensuite, tu devras rassembler tes affaires.

Elle a commencé à s'éloigner, mais s'est arrêtée dans le cadre de porte.

— Oh, a-t-elle lâché d'un ton désinvolte, comme si ce genre de chose était vraiment banal, j'ai des sacs-poubelles, si vous n'avez pas assez de valises.

Des sacs-poubelles ! Ça résumait bien la situation. Elle nous balançait à droite et à gauche, comme si on n'était rien que quelques sacs de déchets à enlever de son chemin.

Et ce que nous voulions, *nous ?* Ça n'avait donc pas d'importance ? Cette vilaine femme a tellement de pouvoir sur nous. C'est criminel. Le pire, c'est qu'elle prétendait qu'elle faisait ce qui était le mieux pour nous. En vérité, elle n'en avait vraiment rien à faire. Quand elle avait terminé sa journée de travail et qu'elle rentrait chez elle, je parie que, pourvu que notre dossier soit bien gentiment rangé dans son tiroir des affaires classées, nous ne lui traversions jamais l'esprit.

Je ne voulais pas aller habiter dans une famille à des kilomètres de là, je ne voulais pas quitter mon école ni Matt. Ce n'était vraiment pas juste. « Je n'y vais pas ! » me suis-je dit. Pas question que j'abandonne Rhianna et Jamie non plus. Jamie s'attire tout le temps des ennuis. Si on l'envoyait tout seul quelque part, il risquait de vraiment dérailler. Et Rhianna a toujours été un tel bébé que ç'aurait été vraiment cruel de la séparer de nous. C'est peut-être une vraie casse-pied quatre-vingt-dix-neuf fois sur cent, mais c'est ma sœur, et elle a besoin de moi.

Mais qu'est-ce que je pouvais bien faire ? J'ai attrapé mon téléphone cellulaire et composé le numéro de Rosie. Je ne la connaissais pas depuis longtemps et elle était parfois un peu étrange, mais c'était mon amie et j'avais vraiment besoin d'aide. Elle pourrait peut-être faire quelque chose. Après tout, elle avait bien un QI de trois milliards. Mais, à la seconde où j'ai entendu sa voix, je me suis rendu compte que j'étais vraiment dans les patates. Comment avais-je pu être assez stupide pour penser qu'elle pourrait m'aider ? Quoi, je n'aurais qu'à lui dire : « Salut, Rosie ! Dis-moi, est-ce que tes parents pourraient m'héberger pendant quelque temps ? Oh, avec mon délinquant de petit frère et ma sœur jumelle retardée, aussi... » ? Alors, je me suis contentée de radoter au sujet de Matt, et elle m'a promis de me prêter un livre de poésies romantiques du dix-septième siècle. Je n'ai pas réussi à trouver le temps de lui dire que, le lendemain, je serais partie, que je vivrais ailleurs, sans Jamie et sans Rhianna, et que je n'allais pas les voir, Matt et elle, pendant une éternité. Je ne sais pas comment j'ai fait pour éviter de parler de ça. La vieille Mackintosh, ma prof de théâtre, aurait dû me donner le rôle principal dans la pièce de l'école. Sauf que ce ne serait plus mon école. Une fois de plus, je devrais fréquenter un nouvel établissement, où je n'aurais pas d'amis, parce que je n'arrive pas à m'intégrer aux stupides petites cliques, et je devrais passer toutes les récréations la tête baissée, à marcher partout d'un air décidé comme si je m'en allais rejoindre mon fantastique groupe d'amis vraiment trop *cool*.

Désespérant. C'était vraiment désespérant.

Chapitre 5

Madame Frank nous a préparé le souper, parce que l'hôpital a appelé Paul. Il avait l'air vraiment effrayé et, quand je lui ai demandé ce qui se passait, il m'a répondu qu'il devait aller à l'hôpital très vite pour porter une chemise de nuit propre à Sarah. Elle n'avait passé qu'une journée là-bas ! Ça devait être un hôpital vraiment chic où, si on renverse son repas, par exemple, on doit absolument se changer, sinon on se fait disputer et crier après. Quand maman était à l'hôpital, elle ne se faisait jamais gronder, et, pourtant, elle renversait tout le temps plein de choses.

Là-bas, il y avait cette dame qui venait chaque semaine s'occuper des beaux cheveux longs de maman jusqu'à ce qu'ils deviennent tout fins et rares. Elle ne se laissait plus coiffer que par moi, après. J'apportais toutes mes barrettes et mes élastiques et je les alignais sur son lit pour qu'elle choisisse ceux qu'elle voulait. Ensuite, je les lui mettais dans les cheveux et je lui apportais le petit miroir pour qu'elle puisse se voir. Ça la faisait sourire pendant un moment.

Je n'ai pas eu le temps de terminer ma carte pour Sarah. Elle disait *BON RÉTA*. Paul s'est dépêché de partir, et je suis allée dans la cuisine prévenir madame Frank qu'il avait oublié de prendre une chemise de nuit propre pour Sarah et qu'elle allait se faire gronder. Madame Frank m'a demandé si je ne voyais pas qu'elle était en train de préparer le souper. Elle m'a dit de la laisser tranquille et de ne pas raconter de bêtises. Elle avait fait trois taches orange dégueus sur sa veste noire. Ça ressemblait à trois coccinelles orange.

Le souper était dégoûtant. C'était censé être des pâtes en conserve avec des morceaux de saucisse, mais, comme c'est une sorcière, je pense qu'elle avait ajouté des vers hachés ou des yeux de grenouille pendant qu'on ne regardait pas. Jamie a mangé ma part. Figurez-vous qu'il a dit qu'il adorait ça ! Vicky a affirmé qu'elle était végétéranienne et elle s'est fait un sandwich au jambon pendant que madame Frank était au téléphone. Ensuite, Vicky et moi, nous avons sorti le gâteau d'anniversaire de sa boîte et nous avons planté les bougies dessus. Je les ai toutes soufflées deux fois de suite et j'ai fait deux vœux, mais je ne peux pas vous les dire, sinon ils ne se réaliseront pas. Désolée ! J'ai mangé trois morceaux de gâteau et demi, parce que Vicky a laissé presque toute sa part.

Après le souper, nous sommes allés dans la cabane de Jamie, dans l'arbre du jardin. D'habitude, il ne nous laisse pas entrer, mais, ce soir, il nous a dit qu'on pouvait monter, à condition qu'on ne touche à rien. Vicky lui a répondu qu'elle n'avait aucune envie de toucher à ses vieux bidules infects, mais elle est venue quand même pour s'éloigner de madame Frank.

J'adorais la cabane de Jamie, c'était comme un petit nid en bois, mais, au lieu d'être tapissés de plumes, les murs étaient couverts des cartes postales que papa lui avait envoyées. Il conduit des poids lourds et, avant, quand il partait quelque part, il envoyait toujours une carte postale à Jamie. Il y en a des millions et des millions et des millions. Un jour, j'ai essayé de les compter, mais je n'arrêtais pas de me tromper. Heureusement que papa n'en envoie plus, parce qu'il n'y a plus de place.

Un jour, à l'école, Jamie a parlé de ses cartes à Olivier Stevens, mais celui-ci ne l'a pas cru, alors Jamie lui a donné une raclée. Jamie donne beaucoup de raclées. J'ai entendu madame Frank dire à Sarah que c'est à cause de son bagage affectif, mais ce n'est pas vrai, parce qu'il n'a que son sac d'école. (Madame Frank ne lui a donné que cinq sacs-poubelles pour ranger toutes ses affaires!) Sarah et Paul ont dû aller rencontrer monsieur Bille et madame Desbiens, parce que Jamie a fait saigner Olivier du nez, un jour, et qu'il s'est presque fait renvoyer de l'école. Jamie disait qu'il s'en moquait et que c'était bien fait pour Olivier, mais ensuite madame Desbiens lui a demandé ce que dirait papa s'il apprenait ce qu'il avait fait, et il s'est mis à pleurer. D'habitude, il ne pleure jamais. Une fois, au parc, il est tombé du module d'escalade et il s'est cassé le bras et il n'a pas pleuré du tout. Pourtant, son os sortait de son bras et il y avait du sang partout.

J'ai encore essayé de compter les cartes postales. J'ai réussi à me rendre jusqu'à vingt-sept et puis j'ai laissé tomber, parce que je n'arrivais pas à me concentrer. J'aurais aimé que papa vive encore avec nous. Tous les vendredis soir, quand il rentrait du travail, il me rapportait un gros paquet de Smarties. Il me regardait les aligner par couleurs sur la table. Ensuite, je les comptais et je faisais des additions avant de les manger. Il m'aidait toujours à trouver les bonnes réponses. Parfois, quand il arrivait tard à la maison, maman nous laissait veiller pour l'attendre. Quand il passait la porte, nous courions vers lui dans une vraie cohue. C'était l'homme le plus fort du monde. Il arrivait à tous nous prendre dans ses bras et à nous faire tourner, et maman riait et lui criait de faire attention aux bibelots. Des fois, j'essaie de parler de maman et de papa à Vicky, mais elle me dit que ça ne sert à rien de se rappeler tout ça, que c'est comme si on regardait le film de la vie d'un autre. Je ne sais pas trop ce qu'elle veut dire, mais elle se fâche si je lui demande de m'expliquer.

Vicky était vraiment de mauvaise humeur, dans la cabane. Matt la patate devait venir la rejoindre un peu plus tard, mais madame Frank lui avait dit qu'elle ne pouvait pas sortir, parce qu'il fallait qu'elle emballe ses affaires. Je n'avais plus trop envie d'aller dans cette nouvelle école. Pas sans Vicky et Jamie. On était tous assis sur les coussins moisis de la cabane quand Jamie nous a parlé de sa Grande Idée. Il nous a proposé de nous enfuir pour qu'ils ne puissent pas nous séparer. J'ai jeté un coup d'œil à Vicky. Elle se mordait les ongles comme s'ils la démangeaient. J'ai demandé :

– Est-ce qu'on peut s'enfuir et aller à Disneyland ?

– On ira à un endroit encore mieux, m'a répondu Jamie.

J'ai regardé Vicky de nouveau.

– Qu'est-ce que tu en penses ?

– Qu'est-ce que je pense de quoi ? a-t-elle lancé d'un ton vraiment agressif.

– De l'idée de s'enfuir.

– On ne sera séparés que quelque temps ; quand le bébé sera né, on reviendra.

Vicky s'est levée, mais Jamie lui a attrapé le bras.

– Et s'ils ne nous reprennent pas ? a-t-il demandé.

– Ils ont promis.

– Mais s'il se passe quelque chose, ou qu'ils changent d'avis ?

Vicky a fait une grimace, puis a regardé fixement dehors par la petite porte de la cabane.

– C'est une idée stupide, on n'a nulle part où aller.

– On pourrait aller dans mon campement secret, dans les bois, a dit Jamie en ramassant une des cartes postales, qui était tombée à terre. Seulement pendant un petit moment. Jusqu'à ce que tout aille bien de nouveau. Ce serait comme quand on était en vacances avec maman et papa chez grand-tante Irène.

On n'est allés qu'une seule fois chez grand-tante Irène. Vicky, Jamie, papa et moi, nous avons campé dans une tente, sur une petite île, au milieu d'un grand lac.

Maman a dormi dans la maison, avec grand-tante Irène, parce qu'elle avait tout le temps froid. Japou, le chien de grand-tante Irène, est venu avec nous. On est tous montés dans le canot et on a ramé jusqu'à l'île. On a fait un feu de camp et on a fait cuire des saucisses et des guimauves sur des bâtons. Les saucisses étaient toutes brûlées, complètement noires. Maman ne voulait pas qu'on les mange, elle disait qu'on allait être malades. Mais on les a mangées quand même, et on n'a pas été malades. C'est elle qui était tout le temps malade. Elle n'avait même pas mangé de saucisse brûlée. Elle a grignoté un minuscule morceau de guimauve, mais c'était tout. Elle ne voulait pas vraiment en manger, mais je lui ai dit : « Allez, maman, essaie, tu dois y goûter ! »

Maxine ne peut pas manger d'arachides, parce qu'elle est lairgique. Si elle mangeait rien qu'un tout petit morceau d'arachide, elle gonflerait comme un gros ballon et elle serait vraiment très malade. C'est vrai. C'est madame Édouard qui me l'a dit. C'est peut-être pour ça que maman n'est plus là. Elle était peut-être lairgique aux guimauves. Elle n'a pas gonflé, elle est plutôt devenue de plus en plus mince, jusqu'à ce que, un jour, elle disparaisse et ne soit plus à l'hôpital. C'était peut-être à cause du petit bout de guimauve que je lui ai donné. Elle doit sûrement aller mieux, maintenant. J'aimerais bien qu'elle se dépêche de rentrer, parce que je voudrais vraiment lui montrer mon nouveau Furby.

Jamie était en train de parler de son campement à Vicky et de lui expliquer que personne n'était au courant. J'ai raconté à Vicky qu'il y avait une petite cabane en fougères et un feu de camp, mais elle s'est contentée de faire une grimace et de nous dire d'oublier ça. Elle se levait et commençait à descendre l'échelle quand Jamie l'a arrêtée.

— On doit rester ensemble, Vicky, lui a-t-il chuchoté. Qu'est-ce qui va arriver à Nana si on n'est pas là?

— Je n'ai pas besoin de mademoiselle Nouille poilue, merci bien, ai-je dit, mais ma voix était toute tremblante.

— On peut prendre soin de nous-mêmes, a avancé Jamie.

Mais Vicky lui a répondu sèchement:

— Ah ouais? Bien sûr, oui, comme la dernière fois!

— Ce n'était pas ma faute! lui a crié Jamie alors qu'elle s'éloignait.

Vicky ne s'est pas retournée, elle a couru dans la maison et a claqué la porte derrière elle.

– Ce n'était pas ma faute, Nana, m'a dit Jamie. Je ne voulais pas qu'on nous enlève à papa.

Je me souviens de ce qui s'est passé. C'était il y a longtemps. Maman était déjà partie. On était tous rentrés de l'école, et papa était en train de faire une livraison en camion pour monsieur Crapet. Il était vraiment drôle, monsieur Crapet. Quand il venait à la maison pour payer papa, il regardait toujours partout autour de lui, comme si sa mère allait sortir des buissons et le gronder pour avoir fait quelque chose de mal. Bref, ce soir-là, Jamie a dit qu'il en avait assez de toujours manger des sandwichs parce que papa n'était pas là pour nous préparer le souper, puis il a annoncé qu'il allait nous faire cuire des frites. Cette chère Vicky le tyran lui a dit non, mais il n'a pas fait attention à elle. J'adore les frites, surtout avec plein de ketchup. Il a mis de l'huile dans la casserole, a allumé la cuisinière, et, comme il y avait un dessin animé à la télé, on est allés le regarder un peu.

Quand on y est retournés, la cuisine était pleine de fumée. J'ai appelé Vicky et elle a hurlé à Jamie de sortir et de refermer la porte. Vicky a dû aller chez madame Cantoni, notre voisine, pour lui demander d'appeler le 911. Tous ceux qui habitaient notre rue sont sortis de chez eux quand les pompiers sont arrivés. Un peu plus tard, madame Frank est débarquée avec une policière et nous a dit que nous devions partir avec eux.

Quand il est venu nous voir, dans notre premier foyer d'accueil, papa avait l'air différent. Son visage était tout rêche et rugueux quand je lui ai fait un bisou. Jamie lui a raconté une blague. Jamie disait qu'elle était très drôle, cette blague, mais papa n'a même pas ri ; ses lèvres se sont tordues comme s'il avait mal quelque part. Quand Jamie lui a dit : « À ton tour, racontes-en une », papa a répondu qu'il n'avait pas de nouvelles blagues, en ce moment. Il ne sentait même plus le papa. Il sentait la bière et le sac de sport de Jamie quand il a vraiment besoin d'être lavé.

Chapitre 6

Il commençait à faire noir quand madame Frank est sortie et est allée voir dans la cabane du jardin. J'étais dans ma chambre, à attendre que Matt arrive. D'accord, Face de bouse ne voulait pas me laisser sortir, mais elle ne pouvait pas empêcher Matt de venir me voir. J'ai entendu Jamie lui crier qu'elle n'était qu'une vieille bique et que les vieilles biques n'avaient pas le droit d'entrer dans sa cabane. Merveilleux. Matt allait arriver en pleine séance de hurlements poussés par mes embarrassants frère et sœur envers mon embarrassante travailleuse sociale. Qu'aurais-je pu souhaiter de plus ?

Il faut tout de même mentionner que rien ne démonte notre madame Frank. Elle a simplement attendu un moment de répit entre les hurlements de Rhianna et les insultes de Jamie, puis a annoncé que Paul était rentré et qu'ils devaient aller dans leur chambre préparer leurs affaires pour demain. Rhianna a fait semblant de ne pas l'entendre, mais, bien sûr, la vieille Frankenstein n'a pas toléré ça. Elle lui a fait un de ses regards sévères, celui où elle prend une grande respiration, plisse les yeux et vous regarde avec le nez levé, comme si elle allait vous transformer en un truc répugnant. Pas étonnant que Rhianna soit convaincue qu'elle est une sorcière. Jamie lui a raconté que madame Frank a plein de boîtes dans le coffre de sa voiture. Il lui a dit qu'un jour, pendant que madame Frank était en train de discuter avec Paul, il s'était glissé près de son auto et avait ouvert une des boîtes. À l'intérieur, il y avait une petite grenouille qui sautillait, et qui portait encore son uniforme d'école. C'est peut-être un pénible gamin, mais il a une imagination débordante. Depuis, Rhianna évite d'être trop désagréable avec elle.

Je suis descendue et j'ai vu Paul, assis dans la cuisine. Rhianna lui a demandé si Sarah avait aimé sa carte, mais il s'est contenté de la regarder comme s'il ne savait pas qui elle était. Papa avait la même expression la semaine avant la mort de maman. Il rentrait de l'hôpital et restait assis sur une chaise pendant des heures à fixer le mur, comme une statue. Puis, tout à coup, il se mettait à parler de toutes les choses géniales qu'on ferait tous ensemble quand maman irait mieux et rentrerait à la maison. Deux jours avant qu'elle meure, papa n'arrêtait pas de parler des vacances fantastiques que nous passerions ensemble l'été suivant. Je n'arrivais plus à supporter ça. Je lui ai crié : « Mais bon sang, maman ne va pas aller mieux, elle va mourir ! » À l'instant où les mots sont sortis de ma bouche, j'ai regretté de les avoir dits. Mais c'était trop tard. Il m'a regardée pendant quelques secondes, puis des larmes se sont mises à couler sur ses joues et il a commencé à sangloter très fort. Je ne savais pas quoi faire. C'était lui, l'adulte, pas moi.

Madame Frank a préparé une tasse de thé à Paul et y a ajouté des cuillerées de sucre. Rhianna lui a dit que

Paul n'aimait pas le sucre, mais madame Frank a continué à en verser à la pelle, comme si ça allait tout arranger.

— Je vais t'aider à emballer tes affaires, Rhianna, a-t-elle dit avec un sourire radieux. Paul a seulement besoin d'être tranquille pendant quelques minutes.

— Mais il ne boira pas votre sale thé, lui a rétorqué Rhianna.

Elles sont montées à l'étage, et Jamie les a suivies. J'ai regardé Paul. Je crois qu'il ne se rendait même pas compte que j'étais là. J'avais peur de lui demander comment allait Sarah. J'avais encore plus peur de lui poser des questions au sujet du bébé. Alors je me suis retournée et je suis sortie par la porte de la cuisine. J'ai pris une grande bouffée d'air. J'ai titubé jusqu'au mur du jardin et je me suis assise. J'avais mal au cœur. Je suis restée là un moment, essayant de reprendre mes esprits. Puis j'ai vu Matt, dans la rue, qui venait vers moi. Il était trop tard pour rentrer, il m'avait vue et me faisait un signe de la main. Je ne voulais pas qu'il me voie comme ça, je savais que j'avais l'air d'un épouvantail.

— Salut, lui ai-je dit, l'air le plus désinvolte possible.

— Salut, beauté !

Personne ne m'avait jamais appelée « beauté » auparavant ! Il a passé son bras autour de moi et m'a attirée vers lui. Il était sur le point de m'embrasser ! Mon premier vrai baiser ! Je savais que ce n'était pas correct, avec l'histoire de Sarah et du bébé et tout le reste, mais, pendant quelques secondes absolument parfaites, je me suis sentie heureuse. « J'ai tellement hâte d'en parler à Rosie », me suis-je dit. Tant pis pour Roméo et Juliette ! Ça m'arrivait pour de vrai, à moi !... Nos lèvres commençaient à se toucher – vlan ! prends ça, Charlène Jackson – et j'étais en train de fondre dans ses bras... quand, tout à coup, j'ai entendu quelqu'un hurler depuis la fenêtre de notre chambre, et quelque chose m'est tombé sur la tête.

C'était un de ses pantalons ! Imaginez donc ! Un pantalon d'uniforme bleu marine tout dégueu de Rhianna ! « La saleté, je vais la tuer ! me suis-je dit. Je vais la tuer de mes propres mains ! »

Matt s'est mis à rire et l'a appelée, mais j'étais furieuse. Quel culot ! Comment avait-elle osé me gâcher mon premier baiser ! C'était probablement le seul baiser que j'allais vivre dans le siècle à venir, puisque j'allais me faire bannir dans un monde inconnu ! J'ai explosé et je me suis mise à crier après Nana. J'ai vu que Matt était un peu interloqué, mais je ne me suis pas arrêtée. Pour une fois, c'est *moi* qui embarrassais les autres ! C'était comme si je m'étais mise à bouillonner à cause de tout ce qui se passait et que je n'arrivais plus à refermer le couvercle.

Je n'avais pas piqué de grosse crise depuis mes huit ans, mais de toute évidence je rattrapais le temps perdu. Madame Frank est sortie en catastrophe.

— Tout ça, c'est votre faute ! lui ai-je crié en lui lançant le pantalon. Si vous ne nous aviez pas enlevés à notre père, on ne serait pas dans cette sale situation, à devoir faire nos valises pour aller Dieu sait où !

Elle a essayé de dire quelque chose, mais je ne l'ai pas laissée parler, alors elle est restée là, debout, à tenir le pantalon et à rougir de plus en plus pendant que je hurlais toujours plus fort. La fouineuse qui habitait en face est sortie de chez elle pour voir ce qui se passait, mais ça ne m'a pas arrêtée. Je n'aurais pas pu m'arrêter, même si je l'avais voulu. De toute façon, je n'en avais aucune envie. Tout ce qui comptait pour moi allait m'être enlevé. Je n'avais rien à perdre. J'allais continuer à hurler comme une folle, à crier comme une cinglée. Ils allaient en avoir pour leur argent. Matt a commencé à s'agiter, puis il s'est excusé en marmonnant et m'a dit qu'il devait y aller.

— Matt, ne pars pas !

Il m'a fait un petit sourire un peu méfiant, puis s'est éloigné dans la rue et est sorti de ma vie. De le voir s'en aller si rapidement m'a fait ralentir. Tout à coup, je me suis sentie épuisée. Je n'avais plus rien à dire. Il a tourné le coin et j'ai éclaté en sanglots au moment où Paul sortait. Je l'ai entendu dire doucement à madame Frank qu'il allait s'occuper de nous, maintenant, et qu'elle devrait rentrer chez elle, elle aussi. Elle n'avait pas l'air très contente, mais Paul a insisté. Elle lui a affirmé qu'elle viendrait nous chercher le lendemain matin. Elle lui a tapoté le bras, puis, le pantalon toujours à la main, elle est montée dans sa voiture et est partie. J'ai baissé les yeux et j'ai remarqué que je tremblais. C'était vraiment bizarre : tout mon corps tremblait comme de la gelée, mais je ne pouvais pas m'arrêter. Paul s'est tourné vers moi.

— Viens, ma puce, m'a-t-il dit gentiment. On rentre. Il fait froid.

Chapitre 7

J'ai couru jusqu'à la chambre de Jamie pour me cacher, pour que Vicky ne me trouve pas. Je l'entendais hurler, dehors. Je ne voulais pas la mettre en colère. Je me suis cachée sous le lit de Jamie et j'ai enfoncé mes doigts dans mes oreilles. Je voulais que le bruit s'arrête, mais il a continué, alors je me suis mise à crier aussi. Jamie est arrivé. Il s'est penché et a passé la tête sous le lit.

— Arrête, Nana! m'a-t-il ordonné. Arrête tout de suite ce boucan, sinon je te pince.

Jamie me pince toujours très fort, alors j'ai arrêté.

— C'est mieux, a-t-il dit en attrapant son sac d'école. Bon, allez, viens me rejoindre.

Couverte de poussière, j'ai rampé pour sortir de sous le lit. Jamie a ouvert son sac d'école et m'a regardée.

— Maintenant, observe-moi attentivement, parce que tu vas aussi devoir préparer ton sac dans une minute.

— Pourquoi tu ne prends pas la valise que Paul t'a donnée? lui ai-je demandé.

— Parce qu'on ne trimballe pas de valise, quand on s'enfuit. On voyage léger, m'a-t-il répondu. On prend seulement les choses dont on a *vraiment* besoin.

— Est-ce qu'on va vraiment s'enfuir? ai-je demandé.

— Ça va être amusant.

J'ai réfléchi pendant une minute.

— Et Vicky?

— Vicky est une vraie casse-pied. Elle ne se préoccupe que de son petit copain.

— Matt la patate.

— Ouais. Matt la grosse patate. On n'a pas besoin d'elle, elle ne ferait que nous donner des ordres à tout bout de champ.

— Non, pas besoin d'elle.

Jamie a fourré dans son sac un chandail chaud, des jeans, deux paires de bas épais, sa lampe de poche, son sac de couchage de Spider-Man et son livre de camping.

— Bon, m'a-t-il annoncé, maintenant, va préparer ton sac en ne prenant que les choses dont tu as vraiment besoin.

– OK, lui ai-je répondu, avant de courir dans ma chambre.

J'ai sorti mon sac d'école et ai empilé dedans mon Furby, mes poupées Barbie chauves, ma lampe disco et mon bébé Emma aux yeux arrachés. Pour finir, j'ai pris ma grande photo de moi, Vicky, Jamie, maman et papa. C'est grand-tante Irène qui l'avait prise, devant sa maison. La photo est un peu floue. On dirait qu'il pleut, alors qu'en réalité il faisait très beau. Vicky a les yeux fermés, parce qu'elle a cligné des paupières, et on ne voit pas bien Jamie, qui est accroupi derrière Japou pour qu'il reste tranquille.

Jamie est entré dans ma chambre.

– Tu vas devoir dormir en jeans et en cardigan, ce soir, m'a-t-il dit en m'aidant à rouler mon sac de couchage et à l'attacher sur le dessus de mon sac à dos. Et nous allons faire une expédition secrète dans la cuisine pour prendre de la nourriture et nos gourdes.

Il m'a dit de descendre et de parler à Paul, dans le salon, pendant qu'il se glissait dans la cuisine.

– De quoi est-ce que je dois lui parler? lui ai-je demandé.

– De n'importe quoi.

Dans le salon, Paul était en train de discuter avec Vicky. Elle ne hurlait plus, elle faisait juste de drôles de petits hoquets une fois de temps en temps. Paul lui a donné un mouchoir, et elle s'est mouchée dedans.

– Combien de temps allons-nous être partis? a demandé Vicky à Paul.

– Je ne sais pas, lui a-t-il répondu.

– Mais ce ne sera pas long, n'est-ce pas?

Paul gardait le silence.

– Nous serons de retour avant Noël, c'est sûr. Pour Noël, nous serons ici.

Paul ne disait toujours rien. Vicky l'a regardé.

– Promets-moi que nous serons rentrés pour Noël!

– Je suis désolé, Vicky... Les choses changent... Je ne peux rien te promettre, parce que je ne suis sûr de rien...

Vicky a fait un drôle de ronflement et s'est précipitée en haut, en disant qu'elle allait préparer ses affaires.

J'adore Noël. Vicky et Jamie ne croient pas au père Noël, mais moi oui. Et je sais comment il fait pour passer par les cheminées, aussi. Vous savez qu'il est trop gros, n'est-ce pas? Eh bien non, en fait. Son ventre, c'est juste de l'air. Quand il veut descendre dans une cheminée, il n'a qu'à tirer sur une ficelle qui dépasse de son nombril, l'air sort et il devient tout mince. C'est comme ça qu'il réussit à passer dans les conduits de cheminée. Ensuite, quand il a laissé tous ses cadeaux dans la maison, il ressort, et puis il tire sur une autre ficelle et il se regonfle, comme un ballon.

Quand nous étions petits, papa nous rapportait des cadeaux quand il rentrait du travail. Maman se fâchait, parfois, et lui disait qu'elle avait besoin de l'argent pour payer les factures et les marchands, mais il se mettait à rire et lui répliquait qu'ils pouvaient toujours courir. Après le départ de maman, deux hommes sont venus chercher nos lits, le canapé et les fauteuils pour les rapporter au magasin, mais ils ne couraient pas. Ils n'étaient pas très aimables, l'un d'eux n'arrêtait pas de répéter qu'il ne voulait pas avoir d'ennuis, mais ils n'allaient pas très vite. Ils sont partis, et papa nous a dit de ne pas nous en faire, parce qu'après la pluie vient toujours le beau temps. Mais j'ai regardé dehors, et il ne pleuvait pas. En tout cas, il avait trouvé un peu d'argent sous le canapé, alors il nous a emmenés acheter des frites pour le souper. Nous avons pris des boissons gazeuses et il s'est acheté de la bière. Nous sommes rentrés et avons mangé nos frites encore emballées dans le papier, tous assis sur le tapis comme si nous faisions un gros pique-nique. C'était amusant. Maman ne nous laissait jamais faire des choses comme ça. Et papa ne s'est même pas fâché quand j'ai renversé ma boisson. Il a juste dit que ça n'avait plus d'importance, parce que les hommes allaient revenir prendre le tapis la semaine d'après.

J'ai entendu Jamie faire du bruit dans la cuisine. Paul aussi l'a entendu.

— Paul, me suis-je dépêchée à dire, veux-tu que je te raconte une blague ?

Il s'est retourné vers la porte de la cuisine.

– C'est la blague la plus drôle de tout le monde entier ! ai-je poursuivi.

– Bon, vas-y, alors, m'a-t-il répondu.

Je l'ai observé. Ses yeux étaient tout rouges et fatigués. Tout à coup, j'ai eu envie de le faire rire. J'aurais vraiment, vraiment voulu lui raconter la blague la plus drôle de tout le monde entier, mais je ne savais pas comment faire. C'est que, voyez-vous, je ne connais aucune blague. Jamie m'en raconte tout le temps, mais je m'embrouille et je n'arrive jamais à me les rappeler.

Heureusement, l'instant suivant, Jamie sortait de la cuisine. Il m'a fait un signe de la main, le pouce levé, et a couru à l'étage avec un sac.

– Je dois y aller, ai-je lancé à Paul en me précipitant derrière Jamie dans l'escalier.

– Mais je croyais que tu allais me raconter la blague la plus drôle de tout le monde entier..., m'a crié Paul.

– Nan, lui ai-je répliqué, elle est super ennuyante.

Chapitre 8

Je suis allée me coucher de bonne heure, ce soir-là. J'avais emballé mes affaires et je n'avais pas envie de redescendre. En fait, j'étais surtout gênée à cause de la monstrueuse crise que j'avais piquée plus tôt. Je n'en revenais pas d'avoir perdu mes moyens à ce point-là. Et devant Matt, en plus. Bouhhhh ! Juste y penser me rendait dingue, sauf que l'expression perplexe et inquiète de Matt me revenait sans cesse à l'esprit. Il croyait sans doute que j'étais complètement cinglée. Totalement folle. « C'est peut-être une bonne chose que nous partions demain », me suis-je dit. Au moins, je n'aurais pas à le voir à l'école pendant un bon moment.

Paul a été sur des charbons ardents toute la soirée, parce qu'il craignait un appel de l'hôpital, mais, heureusement, il n'y en a pas eu. Il avait téléphoné à neuf heures et l'infirmière en chef lui avait dit que Sarah était confortable, ce qui ne signifie pas grand-chose. Pauvre Sarah. Paul et elle voulaient tellement ce bébé. Nous le voulions tous. Rhianna et Jamie étaient déjà couchés. J'imagine qu'ils en avaient assez, tout autant que moi. Au moins,

Nana avait eu son Furby et son gâteau. Je l'ai regardée, toute pelotonnée sous les couvertures et profondément endormie, son vieil ours serré contre elle. Son visage rond était marqué d'un très léger sourire. Elle semblait ne pas avoir l'ombre d'un souci. Ce qui est super, chez Nana, c'est qu'elle ne reste pas malheureuse bien longtemps. Elle vit dans le présent et ne se culpabilise pas longtemps au sujet des choses qu'elle aurait dû faire ou ne pas faire – c'est du passé et ça n'a plus d'importance. Et elle ne se fait jamais beaucoup de souci au sujet de ce qui va arriver non plus. Elle vit dans le présent. C'est tout. Elle a une de ces chances ! Quand maman est morte, j'ai essayé de rendre les choses plus faciles pour elle. Je me suis lancée dans un grand discours du genre « Maman est partie, mais tout va bien aller », et, quand je me suis tue, elle m'a simplement regardée de ses grands yeux gris et m'a demandé si on pouvait manger des nouilles instantanées pour le souper.

J'étais furieuse contre elle, ce soir, mais être fâché contre Nana, c'est comme être fâché contre un chiot qui a mâchouillé nos souliers préférés. Dès qu'on voit son expression confiante et un peu nigaude, on ne peut pas faire autrement que de lui pardonner. Peut-être que cette pension ne serait pas si affreuse. Et peut-être que je serais accueillie par une gentille famille qui m'amènerait rendre visite à Nana, ou qui la laisserait même passer la fin de semaine avec nous. Peut-être que Sarah allait très vite se remettre et qu'on serait tous ensemble pour attendre l'arrivée du bébé... peut-être que tout allait s'arranger parfaitement... peut-être que des petits cochons roses allaient apprendre à voler et devenir les maîtres du monde... Peut-être. J'en avais assez des « peut-être ». Paul avait dit qu'il ne savait pas quand nous pourrions revenir. « Les choses changent. » Que voulait-il dire, exactement ?

Une pensée vraiment atroce m'a traversé l'esprit et j'ai eu beau essayer de toutes mes forces, je n'ai pas réussi à la chasser. Et si « je ne sais pas » devenait « jamais » ? Jamie avait raison. Nous serions séparés pour de bon et nous ne pourrions rien y faire. Je me suis dit à moi-même de me taire. Sarah et Paul n'allaient pas nous laisser tomber. Ils ne nous laisseraient pas tomber. Nous comptions, pour eux. Ils voulaient le meilleur pour nous. Mais on nous avait laissés tomber tellement de fois au cours des deux dernières années... On nous avait fait tant de promesses qui n'avaient pas été tenues. Madame Frank dit toujours que les choses ne sont jamais aussi terribles qu'on peut bien l'imaginer. Pour elle, ça doit bien être vrai : elle a l'imagination d'un puceron.

Chapitre 9

Quand je me suis réveillée, Jamie était penché sur moi et il pressait son doigt sur ses lèvres.

— C'est l'heure d'y aller, Nana, m'a-t-il chuchoté.

J'ai jeté un coup d'œil à Vicky. Elle était endormie, roulée en boule dans son lit. Je n'avais pas envie d'aller où que ce soit, mais Jamie a ramassé mon sac d'école et nous sommes sortis de la chambre sur la pointe des pieds pour ne pas réveiller Vicky. Nous avons descendu l'escalier à pas de loup, dans le noir. Tout le monde dormait. Je ne voyais pas où j'allais, alors j'ai attrapé le bras de Jamie. J'ai trébuché sur les chaussures de Vicky, dans l'entrée, et je me suis cogné le genou sur la petite table de téléphone. Je me suis fait si mal que j'avais envie de pleurer, mais Jamie m'a couvert la bouche de sa main pour me faire taire. Nous avons enfilé nos chaussures de sport et nos manteaux. Ensuite, il a ouvert la porte d'entrée très silencieusement.

Dehors, dans la rue, tout était calme. Le chat noir des voisins s'est avancé vers nous et s'est frotté contre mes jambes. Je lui ai fait une petite caresse et il nous a regardés disparaître au bout de la rue. Je parie qu'il se demandait où nous allions. Une voiture est apparue sur la route, alors nous nous sommes cachés derrière la boîte aux lettres, mais le conducteur ne nous a pas vus. Personne ne nous a vus.

Nous nous sommes approchés des bois, et tout est devenu de plus en plus sombre, alors Jamie a dit qu'il allait allumer sa lampe de poche pour éclairer le chemin. Je crois qu'elle ne fonctionnait pas bien, parce qu'elle ne faisait qu'un petit cercle jaune sur le trottoir.

– Elle va se réchauffer, m'a dit Jamie, mais rien n'a changé.

Je n'aime pas le noir. Quand nous sommes arrivés chez eux, Paul et Sarah nous ont dit que nous pouvions avoir chacun notre chambre, mais je n'aimais pas les ombres qui se répandaient dans la mienne la nuit, alors j'avais pris l'habitude de me glisser dans le lit de Vicky et de me blottir contre elle. Elle me donnait un câlin et me caressait les cheveux. Si je fermais les yeux fort, fort, j'avais presque l'impression que c'était maman, qu'elle était rentrée à la maison. Au bout d'un moment, Sarah a dit que nous ferions mieux de déplacer mon lit afin que je partage la chambre de Vicky, pour qu'elle puisse dormir. Maintenant, mon ancienne chambre a été repeinte pour le bébé, et il y a d'adorables rideaux neufs avec des petits lapins et des canards, mais je m'en moque. Je préfère être avec Vicky.

Le chemin qui entrait dans le bois ressemblait à une bouche noire grande ouverte.

– Je n'aime pas ça, ai-je dit à Jamie. Je ne veux pas aller par là.

– Tout va bien aller. On est bientôt arrivés au campement, de toute façon.

Je ne voulais pas bouger, alors il s'est fâché.

– On ne peut plus rentrer, maintenant, Nana! m'a-t-il dit en m'attrapant par le bras et en essayant de m'entraîner avec lui.

J'étais plus forte que lui. Il n'a pas réussi à me faire bouger, alors il a fini par avancer tout seul sur le chemin qui s'enfonçait dans les bois. Je l'ai regardé partir, puis j'ai jeté un coup d'œil tout autour de moi. Je ne savais pas où aller. Je voulais Vicky. Elle savait toujours quoi faire. Tout à coup, j'ai entendu un bruit vraiment terrifiant. Les ombres venaient me chercher, maintenant que j'étais toute seule. Elles avaient attendu que Jamie s'en aille, et maintenant elles tentaient leur chance. J'ai hurlé, et je me suis mise à courir le plus vite possible pour rattraper Jamie.

Quand je l'ai rejoint, il m'a dit d'arrêter de pleurnicher, sinon il me donnerait une raclée, et alors j'aurais une bonne raison de pleurer.

— Mais j'ai peur des monstres !

Il a ri.

— Pas moi ! Si des monstres nous embêtent, je leur donnerai un coup de pied de karaté dans le ventre, puis je les assommerai d'un grand coup sur la tête.

Jamie est vraiment courageux. Moi, je m'enfuirais en courant, si un monstre surgissait devant moi, prêt à m'arracher les bras et les jambes ou à me sucer le sang.

Quelques gouttes de pluie ont commencé à tomber, mais Jamie a dit que ce n'était pas grave, parce qu'en arrivant à son campement nous allions nous glisser dans sa cabane et être au sec et au chaud, installés bien douillettement. Il a sorti deux barres tendres qu'il avait piquées dans la boîte à biscuits. Il m'a laissée prendre celle qui avait un emballage rouge. C'est comme les Smarties, les rouges aussi sont les meilleures. Il a dit que nous allions faire un concours, et que celui qui finissait sa barre tendre en dernier gagnerait. J'ai gagné de très loin.

Je venais juste de finir mon dernier petit morceau de barre tendre quand nous sommes arrivés au camp. Il avait l'air différent, dans le noir. Plusieurs branches de la cabane s'étaient effondrées et d'autres s'étaient envolées. Jamie m'a dit qu'il allait faire des réparations, et il s'est mis à ramasser les branches tombées et à les empiler de nouveau sur le toit. Ça lui a pris une éternité et il jurait quand elles ne voulaient pas tenir. Quand tout a été réparé, nous avons sorti nos sacs de couchage, nous les avons étalés par terre dans la cabane et nous sommes glissés dedans.

– Ça sent le pipi de chien, ai-je fait remarquer.

– Tais-toi, Nana.

J'avais l'impression d'être allongée sur les piquants d'un hérisson et j'avais froid aux mains. Jamie m'a soufflé sur les doigts pour les réchauffer. Il a fait un petit «brrrrr» rigolo, comme un dragon qui crache de la fumée. Olivier Stevens pique des cigarettes à son père et il sait former des ronds de fumée. Un jour, il a montré à Jamie comment faire, mais Jamie a pris une bouffée de la cigarette et il s'est mis à tousser. Fumer, c'est mauvais pour la santé. Mon ancien professeur nous l'a dit, dans notre cours sur l'hygiène et la santé. Dans une vidéo, on voyait des poumons se remplir d'un truc tout noir qui ressemblait à de la boue, puis une voix très forte disait: «Fumer tue!» Je n'ai pas arrêté de le répéter à papa, après le départ de maman, mais il me répondait qu'il en avait besoin pour accompagner sa bière. Je lui disais de ne pas prendre de bière, alors, mais il me rétorquait qu'il en avait besoin pour aller avec ses cigarettes. Je lui ai expliqué que ses poumons allaient se remplir de boue et qu'il allait tomber très malade, mais il m'a dit de ne pas m'inquiéter.

La bonne chose, c'est qu'il a arrêté peu de temps après, en fait. Il a cessé de boire de la bière, il buvait juste une bouteille de whisky chaque soir, à la place. Parfois, Maxine me laisse boire un peu de sa boisson au déjeuner, et je la laisse boire de la mienne. C'est agréable de changer un peu. Papa buvait toute la bouteille de whisky très vite, et ne prenait même pas le temps de fumer, donc c'était mieux. Jamie a goûté le whisky, un soir. Papa s'était endormi pendant que nous regardions tous une émission sur les animaux à la télé, et Jamie a bu les dernières gouttes qui restaient dans la bouteille. Il a dit que ça goûtait encore plus mauvais qu'un sirop pour la toux. J'adore le sirop pour la toux. Surtout celui à la cerise. Jamie a été vraiment radin, il ne m'en a même pas laissé pour que j'y goûte.

J'étais en train de m'endormir quand Jamie m'a donné un coup de coude.

– Arrête de prendre toute la place ! m'a-t-il soufflé entre ses dents.

– Mais je ne prends pas toute la place !

– Oh oui, gros grumeau !

– Je ne suis pas grosse ! Ne me traite pas de grosse parce que je ne suis pas grosse !

– Tasse-toi !

Il a commencé à me pousser. Je l'ai poussé aussi, alors il m'a donné un grand coup dans les côtes.

– Arrête, espèce de plouftine ! lui ai-je crié.

Il m'a poussée de nouveau. Encore plus fort. J'ai roulé contre le mur. Des branches sont tombées sur ma tête. Jamie a piqué une crise.

– Tu es en train de détruire ma cabane !

– Elle est nulle, ta cabane ! lui ai-je hurlé. Tu m'avais dit qu'on allait être installés tout douillettement !

Tout à coup, nous avons entendu un bruit, dehors.

– Jamie, ce sont les monstres !

– Chut !

– Ils ont de grands becs pointus !

– Tais-toi, Nana !

– Ils vont casser les branches à coups de bec pour rentrer !

– Rhianna ! Ça suffit, maintenant !

– Fais quelque chose !

Mais Jamie ne s'est pas levé. Il s'est tortillé pour s'enfoncer dans son sac de couchage jusqu'à ce que je ne voie plus que le haut de sa tête. Puis il m'a annoncé d'une drôle de voix tremblotante qu'il ne bougerait pas de là.

– Mais tu m'avais dit que tu ferais du karaté si les monstres venaient. Tu m'as promis !

– Mais tu vas te taire, oui !

Il avait l'air très en colère. Je lui ai dit que ce n'était tout de même pas ma faute si les monstres avaient trouvé la cabane et voulaient nous arracher la tête d'un coup de dents. Jamie m'a chuchoté d'une voix hargneuse que, si je ne me taisais pas immédiatement, il allait éviter aux monstres la peine de m'arracher la tête, parce qu'il allait le faire lui-même. J'ai commencé à lui demander comment il allait faire, vu qu'il n'avait pas de grandes dents pointues, mais nous avons vu quelque chose s'avancer vers nous.

Jamie a attrapé une branche. Il est sorti de la cabane en rampant et s'est mis à agiter la branche au-dessus de sa tête. Il n'était pas très impressionnant, et son bras tremblait.

– Vite ! lui ai-je hurlé. Donne-lui un coup de pied de karaté dans le ventre !

Chapitre 10

— Je ne te conseille pas d'essayer, Jamie David ! lui ai-je crié en dirigeant ma lampe de poche vers lui. Et pose donc cette branche avant de te faire mal.

— Mais qu'est-ce que tu fais ici ? m'a-t-il demandé.

— Je suis venue vous chercher pour vous ramener à la maison.

— Ah ouais ? m'a rétorqué Jamie. Alors ça, ça promet d'être amusant, vu que nous n'avons plus de maison, en ce moment.

— Jamie et moi, on s'est enfuis, m'a dit Rhianna. C'est bien, maintenant tu peux venir avec nous.

— Je ne reste pas, lui ai-je répondu en évitant le regard de Jamie. Vous devez rentrer avec moi, tous les deux.

— Et pourquoi ? À qui allons-nous manquer ? a-t-il murmuré. Personne ne veut de nous, maintenant. Tu ne t'en rends pas compte, Vicky ? On gêne tout le monde.

On ne représente que des papiers à remplir, pour madame Frank.

— Et papa ? lui ai-je demandé.

— Quoi, papa ? m'a répliqué Jamie avec une grimace.

J'ai regardé par terre et j'ai déplacé des feuilles du bout de ma chaussure.

— Il ne voudrait peut-être pas que vous vous enfuyiez, ai-je répondu d'un air gêné.

Mais Jamie ne m'écoutait plus. Il avait fait demi-tour vers l'abri.

— Je ne retourne pas là-bas et tu ne peux pas m'y forcer, a-t-il marmonné en rampant dans la cabane.

J'ai regardé Rhianna.

— Allez, viens, Nana. Si on rentre maintenant, on n'aura pas d'ennuis. Personne ne saura qu'on est sorties.

Je lui ai pris la main. Elle était glaciale.

— OK, m'a-t-elle répondu en souriant. Mais seulement si tu viens avec moi dans ma nouvelle école.

— Je ne peux pas, Nana, on ne me laissera pas y aller.

— Je ne veux pas y aller sans toi ni Jamie.

— Ce ne sera sans doute pas si mal, Nana. Il y a une piscine. Tu adores nager. Et tu vas te faire plein de nouveaux amis, et ce ne sera pas pour toujours...

Ma voix est devenue toute bizarre, comme si je me battais contre mes mots et que c'étaient eux qui gagnaient. Je me suis tue et me suis retournée.

— Qu'est-ce qu'il y a ?

— Rien ! ai-je répondu d'un ton brusque. J'ai quelque chose dans l'œil, c'est tout.

Je n'étais plus capable de prétendre qu'on n'allait être séparés que pendant quelque temps. Je savais bien que c'était des histoires. Je le savais déjà quand j'ai préparé mon sac (juste au cas où...) et que j'ai suivi Jamie et Rhianna hors de la maison et dans les bois. Je sentais bien, au fond de moi, que je n'allais pas rentrer. Jamie avait raison. Personne ne voulait de nous. Je n'avais simplement jamais voulu l'admettre.

Quand nous avons commencé l'école, les spécialistes pensaient que Nana pourrait se débrouiller toute seule, mais, chaque matin, devant les grilles de la cour, maman me chuchotait : « Fais attention à ta sœur, Vicky. » Alors j'ai fait attention à elle. J'ai éloigné les méchants gamins. Je l'ai protégée des dangers. Jour après jour. Maintenant, maman était morte et j'allais devoir continuer de faire attention à Nana. Pour toujours. Amen. J'ai pris une grande inspiration.

— Bon, allons voir cette merveilleuse cabane, ai-je dit doucement, au bout de quelques secondes.

Avec un grand sourire, Rhianna m'a fait entrer. Ce n'était pas très propre, là-dedans. Et j'aurais parié que c'était plein de bestioles, aussi. Beurk ! J'ai horreur des petites choses à pattes.

— Je croyais que tu voulais rentrer « à la maison », m'a dit Jamie d'un ton victorieux.

— Je ne vais tout de même pas vous laisser ici tout seuls, ai-je répondu en déroulant mon sac de couchage et en l'étalant à côté de celui de Rhianna. Qui sait ce qui pourrait arriver…

Chapitre 11

Quand je me suis réveillée, tout était vert autour de moi. J'avais l'impression d'être dans la cité d'Émeraude du *Magicien d'Oz*, sauf qu'il faisait froid et que le dessus de mon sac de couchage était trempé. Je parie que le sac de couchage de Dorothée n'était pas tout mouillé. Je suis sûre qu'il était chaud et confortable. Quelque chose grimpait dans mes cheveux et me chatouillait et j'entendais Jamie et Vicky rire, quelque part. Tout à coup, je me suis souvenue. Je n'étais pas dans la cité d'Émeraude, j'étais dans la petite cabane de Jamie, dans les bois. On l'avait vraiment fait. On s'était vraiment enfuis ensemble. Je suis sortie de mon sac en me tortillant, puis j'ai rampé hors de la cabane.

— Bienvenue au campement de la Joie, m'a annoncé Jamie avec un accent, pour faire chic, quand il m'a vue. «Mâdâme» désire-t-elle prendre un délicieux déjeuner?

Malheureusement, je crois que nous n'avons plus de céréales.

– Tant mieux ! lui ai-je répondu. Les céréales, c'est dégueu.

– Mais nous avons une boîte de délicieux beignets à la confiture.

Il a frotté le sac pour enlever la boue qui était collée dessus, puis il l'a ouvert. Youpi ! J'adore les beignets. Tout allait de mieux en mieux. (Je suis sûre que Dorothée ne mangeait pas de beignets à la confiture, pour le déjeuner !) J'ai plongé la main dans le sac et j'en ai sorti une grosse pâtisserie toute tendre, dégoulinante de confiture.

– On en a deux chacun, et il en restera un à se partager, a dit Vicky en en prenant un deuxième. On a du lait, aussi.

Elle a reniflé le carton de lait, puis a pris une grande gorgée. Ça lui a dégouliné sur le menton.

– Vicky, espèce de cochonnette ! lui ai-je dit en riant.

– Ce n'est pas grave, a dit Jamie. C'est *notre* campement. On peut faire ce qu'on veut. Il n'y a pas de règles, pas d'adultes pour nous dire comment agir, pas de soucis.

– Pas de soucis ! Pas de soucis ! On ne se fait pas de soucis ! ai-je commencé à chanter en attrapant le bras de Vicky pour l'entraîner.

Nous nous sommes mises à danser en rond, en riant et en gloussant. Tout à coup, nous avons entendu un bruit. Quelqu'un arrivait. Vicky m'a rapidement poussée dans la cabane et y est entrée derrière moi.

— Pas un bruit ! m'a-t-elle chuchoté à l'oreille.

Jamie nous a poussées pour entrer dans la cabane à son tour, et nous sommes restés assis là, tous les trois, en tas, comme si on jouait à la chaise musicale. Vicky m'avait marché sur la cheville et j'avais super mal. Et si c'était madame Frank ? Elle serait tellement en colère qu'elle nous transformerait tous en grenouilles. Je ne voulais pas devenir une grenouille. Je déteste les grenouilles. Ce n'était pas censé se passer comme ça. Jamie avait dit qu'on n'aurait pas de soucis. J'ai commencé à pleurer et Vicky a posé sa main sur ma bouche. Nous avons écouté pendant quelques secondes. Quelqu'un marchait autour de la cabane. Un visage est apparu dans la petite ouverture.

Vicky et moi avons poussé un cri, mais Jamie s'est mis à rire. C'était son ami Sam.

— Je suis passé pour vous prendre, comme on avait dit hier, mais c'est la folie, chez vous. Il y a une voiture de police, et tout.

— Une voiture de police ! Génial ! a lancé Jamie.

— Ce n'est pas génial, lui a répondu Vicky brusquement, c'est terrible. Imagine ce que Paul doit être en train de vivre.

— Qu'est-ce qui se passe? a demandé Sam.

— Sarah est à l'hôpital, lui a raconté Vicky. Ils ne peuvent plus nous accueillir. Nous allions être séparés, alors nous nous sommes réfugiés ici.

— Je n'y retourne pas, a prévenu Jamie.

— On pourrait appeler Paul avec le téléphone cellulaire de Vicky et lui expliquer qu'on va bien, mais qu'on s'est enfuis, ai-je dit.

— Quelle idée brillante! s'est moqué Jamie. Si on fait ça, ils seront ici dans moins d'une minute.

— Ils vont vous trouver très vite, de toute façon, a déclaré Sam. Ils vont lancer une recherche - j'ai entendu un policier en parler avec une dame.

— Madame Frank, a précisé Vicky.

— En fait, c'est une sorcière, Sam, ai-je dit, parce qu'il fallait bien le prévenir.

— Ah bon?

— Ouais. Elle va sûrement monter sur son balai et venir voler au-dessus de nos têtes, ai-je ajouté en frissonnant.

— Ne t'inquiète pas, Rhianna. On n'aura qu'à lui lancer un seau d'eau, elle va fondre et il ne restera plus qu'une traînée de bave verte gluante.

— Merci, Sam.

Je l'aimais bien.

Vicky a levé les yeux vers nous.

– Nous ne pouvons pas rester ici. Nous devons aller quelque part où ils ne nous trouveront pas. Très loin. Un endroit où nous serons en sécurité.

– Où ça? ai-je demandé.

– Je ne sais pas, mais, si on ne part pas tout de suite, on n'a aucune chance.

Elle a commencé à remettre nos affaires dans les sacs.

– Rhianna, qu'est-ce que c'est que ça? s'est-elle exclamée tout à coup, en sortant une de mes Barbie chauves de mon sac.

– Jamie m'a dit de prendre tout ce dont j'avais besoin. C'est ce que j'ai fait.

– J'abandonne, a soupiré Vicky en sortant le reste de mes affaires et en les posant en tas par terre.

– Attention à mon Furby!

Elle a attrapé notre photo de famille et Jamie lui a jeté un coup d'œil.

– Je sais! a-t-il crié. Allons chez grand-tante Irène!

– Mais elle est vraiment vieille, a dit Vicky.

– Et alors? On pourra l'aider avec les tâches ménagères et tout ce qu'elle ne peut plus faire... On pourra porter les courses et promener Japou pour elle. C'est parfait !

– Comment allons-nous nous rendre là-bas, Jamie ? a demandé Vicky. Elle vit à la campagne, à des kilomètres d'ici. Tu ne te souviens pas du trajet que nous avons fait quand nous sommes allés chez elle ? Tu n'arrêtais pas de vomir et Rhianna demandait si souvent si on était bientôt arrivés qu'elle tapait sur les nerfs de papa. Et de toute façon, as-tu de l'argent ?

– Vingt-cinq sous.

– Et toi, Rhianna ?

– Je n'ai rien.

Vicky a mis la main dans sa poche et en a sorti de l'argent.

– J'ai soixante dollars. C'est l'argent qu'on nous a donné pour notre fête. Nous n'irons pas loin avec cette somme.

– J'ai une idée, a dit Jamie en fourrant son sac de couchage dans son sac à dos. Rassemblez vos affaires. On doit se dépêcher.

Sam m'a aidée à tout ranger dans mon sac, mais Vicky était fâchée, parce que Jamie ne voulait pas nous dire où il nous emmenait. Quand nous avons été prêts, il a simplement lancé « Suivez-moi ! » et est parti en courant à deux cents kilomètres à l'heure.

Chapitre 12

— Jamie ! Sam ! Ralentissez ! Attendez-nous !

Je n'aimais pas crier, car j'avais peur qu'on nous entende, mais il était encore tôt et, heureusement, nous n'avons rencontré personne. Jamie nous a fait sortir des bois par le sentier qui longe l'usine à gaz, et nous avons pris la petite route qui mène à l'entrepôt de monsieur Crapet. Il y avait quelques poids lourds dans le stationnement mal entretenu, bordé d'une grille en métal rouillé.

Nous avons observé l'endroit, cachés derrière un buisson rabougri. Tout était tranquille. Il était trop tôt pour cette vieille fripouille de monsieur Crapet. C'était en partie sa faute, ce qui était arrivé à papa. Il lui demandait toujours d'aller livrer ses marchandises douteuses. Je me suis soudain dit que papa ne savait peut-être pas qu'il s'agissait d'objets volés. Peut-être qu'il était totalement innocent et qu'il avait été le bouc émissaire... Hum. Évidemment, j'étais en train d'essayer de me convaincre moi-même. Papa savait très bien ce qu'il faisait.

Dans une petite baraque en bois, quelques camionneurs buvaient du café avant de partir pour la journée. Je les voyais, en train de rire et de bavarder et d'avaler leur breuvage à grandes gorgées. J'ai reconnu l'un d'eux. C'était Pierre, un vieil ami de papa. Pierre était quelqu'un de bien. Souvent, il nous apportait des bonbons aux fruits. Il en avait toujours plein sur lui, parce qu'il avait essayé d'arrêter de fumer et qu'il pensait que ça allait l'aider. Cependant, il avait plutôt fini par devenir dépendant de ces sucreries. Pierre faisait toujours le même trajet, vers le nord, et il s'arrêtait toujours en chemin pour voir sa « vieille maman ». Tout à coup, j'ai compris le plan de Jamie. La mère de Pierre vivait à environ cinquante kilomètres de chez grand-tante Irène. Une année, Pierre avait même fait un détour pour aller porter des cadeaux de Noël à grand-tante Irène de notre part.

Si nous réussissions à monter dans son camion, il nous ferait parcourir presque tout le trajet gratuitement, sans même le savoir. Parfait. J'ai souri à Jamie, qui avait l'air assez fier de lui.

— Pas mal, pour un gamin, lui ai-je lancé. Venez.

Nous avons escaladé prudemment la grille pour atteindre le stationnement, puis nous nous sommes précipités vers les camions à l'arrêt. Mais lequel était celui de Pierre ? Je n'en avais pas la moindre idée. Si nous montions dans le mauvais camion, ce serait catastrophique. Nous pourrions nous retrouver n'importe où. Tout à coup, Rhianna s'est mise à sautiller sur place, tout excitée.

— Tais-toi, Rhianna ! lui ai-je soufflé.

— C'est celui-ci ! a-t-elle dit en pointant du doigt un camion rouge.

Un petit ours en tricot tout abîmé était attaché sur la grille, à l'avant du camion.

— Tu t'en souviens ? m'a demandé Rhianna. Pierre m'avait expliqué que le petit ours s'appelait Pip et qu'il lui portait chance.

Dans la cabine du camion, sur le tableau de bord, nous avons vu trois paquets pleins de bonbons aux fruits et tout un tas d'emballages vides. Rhianna avait raison. C'était bien le camion de Pierre.

Nous l'avons contourné le plus rapidement et le plus silencieusement possible. Le petit ours de Pierre nous portait chance à nous aussi – les portes n'étaient pas fermées à clé. Nous avons grimpé à l'intérieur et avons dit au revoir à Sam. Jamie lui a fait jurer de ne révéler à personne où nous allions. Il a promis et a refermé les portes derrière nous. Nous avons avancé en tâtonnant dans la pénombre, puis nous nous sommes assis derrière des boîtes en carton et avons attendu.

Une dizaine de minutes plus tard, nous avons entendu les portes s'entrechoquer et une clé tourner dans la serrure, puis Pierre qui s'assoyait dans la cabine. Il a mis le moteur en marche et nous avons senti le mouvement soudain du camion qui démarrait pour quitter l'entrepôt.

Nous avions réussi. Nous étions en route. Jamie m'a fait un petit signe de victoire en levant le pouce et je lui ai souri. Nous étions ensemble, tous les trois, et tout allait s'arranger.

Nous avons sorti nos sacs de couchage et, en silence, nous sommes installés le plus confortablement possible. J'étais terrifiée à l'idée que Pierre puisse nous entendre, alors nous sommes restés assis sans mot dire, au départ, serrés les uns contre les autres, à écouter le ronronnement du moteur. Au bout d'un moment, nous avons commencé à prendre confiance et nous sommes mis à discuter à voix basse de tout ce que nous allions faire quand nous serions arrivés chez grand-tante Irène. Quelques heures se sont écoulées, le voyage s'éternisait. Nous étions de nouveau silencieux. Nous étions fatigués, aussi. Jamie et Rhianna se sont endormis, l'un après l'autre, ce qui était sans doute une bonne chose, car cela leur évitait d'avoir le mal des transports. Environ deux heures plus tard, alors que je commençais à m'assoupir aussi, j'ai senti le camion s'arrêter. J'ai pensé que nous étions peut-être arrivés chez la mère de Pierre.

J'ai rapidement réveillé Rhianna et Jamie, et nous nous sommes cachés derrière des boîtes. Nous avons attendu, osant à peine respirer, puis les portes se sont ouvertes à l'arrière du camion. De notre cachette, nous avons entendu Pierre déplacer de la marchandise, à l'autre bout. J'ai jeté un coup d'œil à Jamie et, horrifiée, j'ai remarqué qu'il faisait de drôles de grimaces. Mais qu'est-ce qui lui prenait ? Ce n'était pas le moment de faire l'idiot. Et, tout à coup, j'ai compris. Il essayait de ne pas éternuer.

Soudain, il a laissé exploser un bruyant : « Atchoum ! »

— Qui est là ? a demandé Pierre d'une voix dure. Allez, montre-toi. Sors de là, maintenant !

Nous n'avions aucun moyen de nous échapper de cette situation. Nous nous sommes levés tous les trois.

— Pierre ? ai-je dit. Ce n'est que nous. Les enfants de Nathan David.

— Les enfants de Nathan ? a-t-il répété en baissant le pied-de-biche qu'il tenait à la main. Vicky, c'est ça ?

— Oui, c'est moi. Et puis Rhianna et Jamie.

— Mais que faites-vous dans mon camion ?

— Nous nous enfuyons, a lâché Rhianna avant que j'aie le temps de l'en empêcher.

— Jamie, va aider Rhianna pendant une petite minute, ai-je dit en sortant d'un bond.

Rapidement, j'ai entraîné Pierre à l'écart. J'ai jeté un coup d'œil aux alentours. Nous n'étions absolument pas chez sa mère. Nous nous trouvions dans l'immense stationnement d'une station-service, sur le bord d'une autoroute, et nous étions entourés de camions.

— Pierre, lui ai-je dit, nous avons besoin de ton aide.

— Mais où est ton père ? Ça fait une éternité que je ne l'ai pas vu.

— Il travaille à l'étranger, ai-je menti.

— Ah, d'accord.

J'avais les joues brûlantes.

— Nous voulions simplement nous rendre chez quelqu'un d'autre, c'est tout. Nous avions besoin d'un moyen de transport.

— Oui, bien sûr, m'a répondu Pierre d'un ton rassurant. Écoute, le camion est plein de pommes. Servez-vous. J'ai seulement besoin de prendre une petite pause de cinq minutes, puis on y va.

Il est parti vers la cabine et je me suis précipitée pour rejoindre Rhianna.

— Où est Jamie ?

— Il est parti se dégourdir les jambes. Est-ce que Pierre est fâché ?

— Non, tout va bien aller, lui ai-je dit. On n'aura pas de problèmes.

Elle s'était déjà jetée sur les pommes. Je lui ai dit d'y aller doucement, sans quoi elle allait avoir mal au ventre. Puis Jamie est apparu derrière le camion.

— Pourquoi Pierre est-il en train de parler de nous ?

— Quoi ? ai-je fait.

— Dans son cellulaire.

Mon sang n'a fait qu'un tour.

— Vite ! ai-je soufflé. Prenez vos affaires !

Nous avons attrapé nos sacs et j'ai regardé tout autour de nous avec désespoir. Dans quelle direction aller ? De l'autre côté du stationnement, l'autoroute résonnait du vrombissement des autos et des camions qui filaient. Autour de nous, des gens se dégourdissaient les jambes, d'autres étaient assis dans l'herbe et faisaient des pique-niques ou mangeaient des plats à emporter, promenaient leur chien ou prenaient simplement une petite pause dans leur voyage. Le stationnement était bordé par une étendue de bois et de broussailles en friche. Notre seule chance de nous en sortir.

— Venez, vite !

J'ai attrapé l'une des mains de Rhianna, Jamie a pris l'autre. Et puis... nous avons couru, couru, couru...

Chapitre 13

Vicky et Jamie me tiraient si fort que j'avais mal aux bras. Je leur ai crié d'arrêter, mais ils n'ont pas voulu, même quand je leur ai dit que j'avais la nausée.

— Tu n'aurais pas dû manger toutes ces pommes, Nana, m'a grondée Vicky.

— Je ne les ai pas toutes mangées ! J'en ai pris seulement cinq, il en restait des boîtes et des boîtes.

Vicky ne voulait pas me dire où nous allions. Je croyais que nous allions retourner au camion de Pierre et nous asseoir devant avec lui, comme je l'avais fait avec papa un jour, mais Vicky m'a annoncé qu'on ne pourrait pas. Elle gâche toujours tout.

J'avais toujours mal au cœur quand nous sommes sortis du bois en courant et avons débouché sur une route. Je voulais m'arrêter, mais Vicky m'a ordonné de continuer. Je n'avais pas envie de courir encore, alors je me suis mise à pleurer. Vicky me criait après et Jamie me tirait sur le bras pour essayer de me faire avancer quand une voiture s'est arrêtée. La conductrice a baissé sa fenêtre et nous a demandé si tout allait bien.

— Ça va, merci, lui a répondu Vicky. On rentre à la maison et... on est un peu en retard. Notre mère déteste qu'on arrive en retard.

Je l'ai regardée. Son visage prenait une couleur rouge vif, comme une tomate.

La dame avait des cheveux gris, courts et bouclés, elle portait un joli rouge à lèvres orangé et ressemblait un peu à mon enseignante, madame Édouard.

— Bon, si vous êtes sûrs que tout va bien...

Elle nous a fixés pendant un long moment, puis est repartie. Nous avons continué à avancer, mais Vicky a dit que nous ferions mieux de ne plus courir, pour que les gens ne pensent pas que nous avions des problèmes ou que nous avions fait quelque chose de mal. Alors nous avons marché très rapidement. C'était tout aussi fatigant. J'ai demandé à Vicky si nous pourrions avoir des spaghettis et des boissons gazeuses pour le souper, mais elle a dit non, alors je lui ai demandé ce que nous allions manger, et elle m'a répondu qu'elle n'en avait aucune idée.

Nous avons atteint une intersection, mais Vicky ne connaissait pas les endroits mentionnés sur les panneaux routiers et ne savait pas dans quelle direction aller. Jamie a dit que nous avions besoin d'une carte. Vicky lui a rétorqué que ça ne tombait pas du ciel et que nous devions trouver un magasin. Mais nous ne savions même pas où aller pour ça. Vicky a décidé que nous devions avancer tout droit pendant un moment, parce qu'il n'y aurait pas de magasin le long des chemins de campagne que nous croisions. Nous avons donc marché pendant une éternité sur la route principale, mais Vicky avait tort. Nous n'avons vu aucun magasin.

Vicky a sorti le dernier beignet, et a dit que je pouvais le manger si je continuais à marcher sans faire de crise. J'ai dit d'accord. Il était tout écrasé et avait laissé échapper la confiture. Je l'ai englouti en une seule bouchée, et j'ai continué à avoir faim.

Nous avons grimpé une colline et, en redescendant de l'autre côté, nous avons vu une station-service sur le bord de la route.

— Ils vendent peut-être des cartes, là-bas, a dit Jamie.

— Je vais aller vérifier, a répondu Vicky. Restez là, derrière ces buissons.

Je l'ai regardée se diriger vers la station-service.

— Baisse la tête, Nana ! m'a ordonné Jamie en me tirant vers le bas, derrière le buisson.

— Aïe ! Tu n'as pas besoin de me tirer le bras ! lui ai-je dit en me fâchant. Tiens, prends ça !

Je l'ai poussé et il est tombé par terre. Et puis Vicky est revenue. Elle avait l'air en colère.

– Rhianna ! Qu'est-ce que tu fais ?

– C'est lui qui a commencé !

– Ça suffit, maintenant !

Jamie s'est relevé et m'a lancé un regard noir. Un regard qui voulait dire « gros pincement qui va laisser une marque ». Je suis allée me cacher derrière Vicky.

– Bon, j'ai une carte. Essayons de déterminer où nous nous trouvons.

Vicky a dit qu'il vaudrait mieux ne pas prendre les routes principales, au cas où des gens seraient en train de nous chercher. Elle a déplié la carte et l'a étudiée avec Jamie pendant une éternité. Je lui ai demandé si nous étions presque arrivés. Elle m'a répondu que nous n'étions pas très loin, mais que nous allions devoir retourner en arrière jusqu'à l'intersection et prendre un des petits chemins pendant quelques kilomètres, jusqu'à la gare. Nous allions ensuite prendre un train, et marcher encore un peu en descendant du train. J'étais fatiguée et je n'avais plus envie de marcher du tout, mais j'aimais bien l'idée de monter dans un train. Ça avait l'air amusant.

– Allez, Nana, si on ne s'arrête pas, on arrivera bientôt chez grand-tante Irène, m'a dit Jamie.

– On pourra manger des spaghettis, quand on sera arrivés?

– Je pense que oui.

– Avec du fromage râpé, mais pas de champignons dans la sauce?

Les champignons, c'est pas bon.

– Bien sûr, m'a répondu Jamie. Et, demain, on se préparera un énorme déjeuner, avec du bacon, des œufs, des tomates, des rôties et de la confiture, et du lait au chocolat et des muffins aux pépites de chocolat... Et grand-tante Irène nous cuisinera des soupers délicieux tous les jours, et des rôtis, aussi, comme maman nous en faisait.

– Avec de la mousse au chocolat en dessert?

– Oui, et on pourra se resservir. Deux fois, même, si on veut.

Vicky a ri.

– Mais oui, on pourra en reprendre! a rétorqué Jamie.

– Pourquoi pas? lui a répondu Vicky avec un haussement d'épaules. Grand-tante Irène cuisine merveilleusement bien.

– Est-ce qu'elle sait faire des pizzas, alors?

– Elle pourrait préparer des pizzas avec les bras attachés dans le dos et en faisant tenir un écureuil en équilibre sur le bout de son nez, m'a répondu Jamie.

– Vraiment?

Jamie a éclaté de rire.

– Bien sûr qu'elle sait cuisiner des pizzas, Nana. Ne t'inquiète pas.

– Et si elle en a assez de cuisiner, je pourrai lui faire des allumettes au fromage, ai-je dit. Je suis très bonne pour faire des allumettes au fromage.

Nous allions vivre des moments tellement merveilleux. J'avais vraiment hâte. Je me suis mise à marcher plus rapidement.

– Ralentis, Nana! m'a crié Vicky.

– Non. Vous, dépêchez-vous; j'ai envie d'arriver là-bas très vite!

Chapitre 14

Ce n'était pas évident de suivre Nana. Déjà, elle est beaucoup plus grande que Jamie et moi, et, quand elle se met à marcher vite, elle marche *vraiment* vite. Elle ne se plaignait plus de la faim. Elle babillait sans arrêt au sujet de tout ce que nous allions faire d'amusant chez grand-tante Irène.

Nous sommes revenus à l'intersection et avons pris le chemin de gauche. Je me sentais plus sereine, maintenant que nous étions hors de vue, loin du trafic de la route principale. D'une petite route à l'autre, nous avons déterminé notre trajet en nous aidant de la carte, puis, environ une heure plus tard, nous avons tourné à droite à un embranchement et avons emprunté le chemin le plus étroit jusque-là. De l'herbe poussait dans des fissures qui couraient au milieu de l'asphalte et Rhianna et Jamie jouaient à sauter d'une touffe à l'autre. Une petite demi-heure plus tard, après un tournant, nous nous sommes retrouvés au bout d'une impasse. Nous nous tenions devant un immense portail en fer forgé à deux battants. Il était fermé et nous bloquait le passage. La peinture noire était écaillée par endroits, révélant des taches de rouille telles des plaies ouvertes. De l'autre côté des grilles s'étendait une longue allée bordée d'arbres et de statues couvertes de mousse qui s'effritaient, posées sur des piédestaux. De hauts murs de pierre surmontés de pointes partaient de chaque côté du portail.

— Qu'est-ce qu'on fait, maintenant ? a demandé Jamie en escaladant une des grilles du portail et en l'agitant d'avant en arrière.

Les grilles se sont mises à grincer.

— Descends de là, Jamie.

Il a continué d'agiter les grilles. J'ai vérifié sur la carte puis ai regardé l'allée bordée d'arbres.

— Je ne comprends pas. La gare est dans cette direction. Nous avons dû nous tromper en tournant à un embranchement...

— Je ne veux pas refaire tout le chemin en sens inverse. C'est des kilomètres et des kilomètres !

— Ce chemin ressort de l'autre côté du parc, mais on ne peut pas passer par là, c'est un terrain privé.

— Ah ouais ? a fait Jamie en se hissant par-dessus les grilles.

Il a commencé à avancer dans l'allée pleine de nids-de-poule, en donnant des coups de pied dans le gravier.

— Allez, venez. C'est notre raccourci « privé »...

J'ai hésité. Je trouvais que cet immense portail, ces hauts murs et ces pointes acérées criaient « Accès interdit ! » d'une voix plutôt forte.

— Je ne crois pas qu'on devrait...

Mais Jamie ne m'écoutait pas et Nana était déjà en train de trotter derrière lui. Ils avançaient tous les deux en zigzaguant d'une statue à l'autre, les examinant et ricanant devant celles qui étaient peu vêtues.

J'ai jeté un œil autour de moi. Tout avait l'air si négligé que je me demandais si quelqu'un vivait encore ici.

— Hé, Vicky, celle-là n'a pas de bras !

Jamie se tenait derrière une statue représentant le torse d'une femme et agitait les bras, pendant que Nana pouffait de rire sans pouvoir s'arrêter.

J'ai réfléchi aux risques que nous prenions. Si nous ne faisions que traverser rapidement le parc, il était probable que personne ne nous verrait et que personne ne saurait même que nous étions passés par là. En revanche, si nous revenions sur nos pas, nous aurions à faire un grand détour. Jamie et Nana étaient tous les deux de bonne humeur, mais cela ne durerait pas éternellement. Ils étaient fatigués, et ils avaient faim. Moi aussi, d'ailleurs. Je me suis décidée, j'ai glissé la carte dans mon sac à dos et j'ai couru pour les rattraper. Quand je les ai rejoints, ils étaient en train d'observer la statue d'une femme aux cheveux en bataille dont le visage avait une expression de démence. De la mousse poussait dans sa narine gauche.

— Hé, Vicky, regarde, c'est toi ! m'a lancé Jamie, moqueur.

— Très drôle !

Je me suis tournée vers la statue de nouveau et je n'ai pas pu m'empêcher de sourire. En fait, je trouvais qu'elle ressemblait plutôt à Charlène Jackson.

Chapitre 15

Au bout de l'allée, il y avait une grande et vieille maison. Quand nous l'avons aperçue, Vicky nous a fait nous cacher derrière des buissons. Puis, nous nous sommes approchés discrètement pour ne pas nous faire voir s'il y avait quelqu'un à l'intérieur qui regardait par la fenêtre. Elle n'était pas très accueillante, cette vieille maison. De chaque côté de la porte, un lion en pierre allongé nous observait. L'un d'eux n'avait plus qu'une oreille. J'ai commencé à compter les marches de l'escalier qui menait à la porte d'entrée, mais Jamie m'a ordonné de me taire, sinon les lions allaient s'animer et venir me dévorer. Vicky m'a dit que ce n'était pas vrai et a ordonné à Jamie de se taire. J'ai arrêté de compter les marches.

Trois gros oiseaux se tenaient sur le toit en pente. Ils n'étaient pas en pierre; ils étaient d'un beau bleu brillant et leurs queues avaient de très longues plumes bleu-vert. L'un d'eux s'est envolé et est descendu en piqué près de nous en poussant un cri grinçant. J'ai bondi pour me cacher derrière Vicky.

— Tout va bien, Nana. Ce sont seulement des paons. Ils ne nous feront pas de mal.

Je ne les aimais quand même pas, ces oiseaux. Un autre paon est descendu rejoindre le premier, et ils se sont mis tous les deux à donner des coups de bec par terre, tout près de l'endroit où nous étions cachés. Leurs queues étaient tellement longues qu'elles traînaient sur le sol. Soudain, l'un d'eux a levé sa queue et l'a déployée comme un grand éventail. Ses plumes jaune, bleu et vert étaient couvertes de motifs qui ressemblaient à des yeux. C'était magnifique. Madame Édouard nous avait aidés à fabriquer des éventails en cours, un jour où il faisait très chaud. C'est assez difficile, parce qu'il faut plier le papier dans un sens, puis le tourner pour le plier dans l'autre sens, et le tourner de nouveau, le plier de nouveau, et ainsi de suite, jusqu'à ce qu'il ressemble à un escalier quand on le déplie. J'ai aidé Maxine, parce qu'elle n'arrive pas à plier les choses. Certains de ses doigts ne fonctionnent pas. Ils sont tout tordus. Mais elle peut colorier, en tout cas un petit peu, alors nous avons passé beaucoup de temps à les décorer. J'ai colorié le mien en violet, parce que c'est ma couleur préférée. Je n'ai pas dessiné d'yeux dessus, mais j'ai collé des paillettes qui restaient de la fois où nous avions dessiné de la neige pour Noël. Madame Édouard a agrafé le bas de nos papiers pliés, pour leur donner une forme d'éventail. Nous les avons emportés dans la cour pendant la récréation, mais Charlène Jackson nous les a arrachés des mains, les a roulés en boule et les a jetés dans les toilettes. Tout le monde riait, sauf Maxine, moi et monsieur Harris, le concierge, parce que les boules de papier ont bouché les toilettes et qu'il a dû mettre ses gants spéciaux pour les sortir.

Des plantes vertes poussaient sur la maison. Vicky m'a dit que c'était du lierre. Il y en avait partout. Sur les murs et sur le toit. Il y en avait jusque sur le dos d'un des lions et sur la porte d'entrée, et ça recouvrait même certaines fenêtres. Les autres fenêtres étaient toutes petites et sales, et les rideaux, à l'intérieur, étaient déchirés. On aurait dit la maison d'une vieille sorcière.

– Peut-être que c'est là que madame Frank habite...

– Ne dis pas de bêtises, Nana. On est à des kilomètres de la maison. Ça lui prendrait des heures pour aller au travail chaque jour, m'a rétorqué Jamie.

Pas si elle part travailler sur son balai, ai-je pensé.

– Je crois que plus personne ne vit ici, a dit Vicky.

Je n'en étais pas sûre. J'ai levé les yeux vers une fenêtre, et j'ai vu le rideau bouger.

– Regarde, elle est là !

– Nana, tais-toi !

– Mais madame Frank était en train de nous regarder, cachée derrière ce rideau !

J'ai montré la fenêtre du doigt. La vitre était brisée et le rideau bougeait dans tous les sens.

– C'est juste le vent, Nana, m'a rassurée Vicky. Il n'y a personne ici.

– Cet endroit donne vraiment la chair de poule, a dit Jamie. Allons-nous-en.

Chapitre 16

Le parc n'était pas du tout entretenu et les plantes poussaient où elles voulaient, mais, sous cette végétation folle et sauvage, on devinait le jardin qui existait autrefois, et c'était un peu triste. Des années plus tôt, cet endroit avait dû être magnifique et des gens lui avaient certainement consacré beaucoup de temps et d'efforts. C'était sûrement un vrai paradis. Personne ne s'en occupait plus, maintenant, alors la nature se vengeait lentement et écorchait et piquait ceux qui osaient l'explorer. Je ne pouvais pas lui en vouloir.

Nous avons essayé de rester sur ce qui restait du chemin qui contournait la maison et qui semblait partir dans la bonne direction, mais nous avions du mal à avancer à cause des broussailles et des buissons qui bloquaient le passage. Au milieu des ronces et des orties qui nous égratignaient, il y avait des arbustes exotiques couverts de fleurs odorantes et des arbres dont l'écorce dessinait d'étranges motifs. Nous étions tout seuls dans cette jungle, mais je n'arrivais pas à me débarrasser de cette drôle d'impression que quelqu'un nous suivait et surveillait tous nos mouvements.

Je n'en ai pas parlé à Jamie et à Nana, et je me suis efforcée d'arrêter d'y penser. Ce n'était pas facile. J'ai essayé de me convaincre que c'étaient des pensées idiotes. J'étais fatiguée et mon esprit me jouait des tours. Vraiment, ce n'était pas le moment de me mettre à avoir peur, me suis-je dit, fâchée contre moi-même. J'avais déjà bien assez de soucis.

Je me suis sentie mieux quand nous sommes sortis du bois. Nous venions d'arriver dans une grande étendue d'herbes si hautes qu'elles nous arrivaient aux genoux. Je me suis dit que c'était sans doute une belle pelouse bien entretenue, autrefois. Au milieu, un grand bassin rectangulaire était recouvert de nénuphars et de mauvaises herbes.

Nous dégageant un chemin comme des explorateurs, nous avons atteint le bassin et avons regardé au fond.

— Ouaouh ! a crié Jamie, tout excité, en se penchant tellement qu'il risquait de tomber la tête la première dans l'eau à tout moment.

De gigantesques poissons nageaient sous les feuilles des nénuphars. Ils mesuraient au moins trente centimètres. Nous nous sommes assis au bord du bassin pour les observer.

Jamie a plongé le bout des doigts dans l'eau et a fait aller sa main de gauche à droite, espérant que les poissons s'en approcheraient.

— Fais attention qu'ils ne te grignotent pas les doigts, lui ai-je dit pour plaisanter.

C'est Rhianna qui les a entendus la première.

— Qu'est-ce que c'est, ce bruit ? a-t-elle demandé.

Jamie et moi avons écouté attentivement. Et, tout à coup, je les ai entendus aussi. C'étaient des chiens excités qui aboyaient. Leurs aboiements devenaient rapidement plus forts. De plus en plus forts. Ils venaient vers nous. Nous avons à peine eu le temps de nous lever, et nous les avons vus sortir des buissons, de l'autre côté de la grande étendue d'herbe. C'était deux énormes bergers allemands, et ils bondissaient vers nous. Nana a hurlé.

— C'est les lions !

Ils se sont arrêtés à quelques mètres de nous et nous ont fixés d'un air menaçant en montrant les dents, les oreilles rabattues vers l'arrière et la queue dressée à la verticale.

— Allez-vous-en ! a crié Jamie en agitant les bras dans leur direction. Allez, partez !

L'un des chiens s'est mis à gronder, d'une voix grave et menaçante. Je n'avais aucune idée de ce qu'il fallait faire, mais je savais que nous avions de très gros ennuis. Ce genre de chiens pouvaient être très agressifs. J'avais lu des histoires dans les journaux. Ils pouvaient causer des blessures graves. Ils pouvaient même tuer.

— Je ne les aime pas, gémissait Nana, je ne les aime pas !

Sans me laisser le temps de l'arrêter, elle s'est retournée pour s'enfuir en courant.

— Ne bouge pas ! a crié une voix autoritaire.

Une femme aux cheveux blancs, enveloppée dans un imperméable bleu clair serré à la taille par un morceau de ficelle, est sortie de derrière un buisson. Elle tenait un mince bâton blanc à la main.

— Ça va, Nana, fais ce qu'elle dit. Ne bouge pas.

Nana m'a regardée, terrifiée, mais elle a obéi.

Puis une chose étrange s'est passée. Je ne sais pas exactement pourquoi, parce que je n'ai pas vu la femme faire ou dire quoi que ce soit de particulier, mais les chiens ont soudain cessé de grogner. L'un d'eux a même commencé à agiter la queue, pas tout à fait comme s'il nous disait « Je suis content de vous rencontrer », mais lentement et avec une légère méfiance, comme s'il nous demandait « Bon, alors, qui êtes-vous, exactement ? »

— Maintenant, marchez très lentement vers moi.

C'est ce que nous avons fait. Les chiens n'ont pas essayé de nous suivre. Nous nous sommes réfugiés derrière la dame et les deux bergers allemands ont complètement cessé de s'intéresser à nous. Ils sont partis en bondissant et ont disparu dans le bois.

— Vous allez bien ? nous a-t-elle demandé.

Jamie et Nana ont hoché la tête, mais j'ai éclaté en sanglots, incapable de me contrôler.

— Vous feriez bien de venir chez moi. Je vais vous préparer du chocolat chaud. C'est ce qu'il y a de mieux quand on vient de vivre un grand choc.

Elle a pris une de mes mains couvertes d'éraflures entre ses doigts que l'arthrite avait rendus noueux et l'a touchée doucement.

— Il faut aussi qu'on soigne ces piqûres.

Sans ajouter un seul mot, elle s'est retournée et a commencé à se diriger vers la maison. Elle s'est arrêtée près d'un massif d'orties.

— Il me semble que de l'oseille pousse par ici, nous a-t-elle expliqué. Il faut en cueillir quelques feuilles et les frotter sur vos piqûres, ça va vous soulager.

J'ai regardé au sol et j'ai vu des plantes aux grandes feuilles vertes. J'en ai arraché quelques-unes et les ai tendues à la dame.

— Est-ce que c'est bien de l'oseille ? lui ai-je demandé.

Elle les a approchées de son visage, pour mieux les voir.

— C'est bien ça, m'a-t-elle répondu.

Nous avons frotté les feuilles sur nos mains. Elles ont soulagé nos douloureuses cloques blanches, ce qui était vraiment agréable.

— Malheureusement, ces cabots ne m'appartiennent pas. Ils seraient bien mieux dressés s'ils étaient à moi. Ce sont les chiens des gens qui habitent dans la petite maison, là-bas, nous a expliqué la dame en agitant son bâton. Ils sont trop paresseux pour les promener. Ils les laissent en liberté sur mes terres. Mon frère se chicanerait sûrement avec eux, s'il savait ça.

Elle s'est retournée et est entrée dans la maison.

Chapitre 17

Je n'avais pas tellement envie de passer devant les lions pour entrer dans la maison de la vieille dame, mais Vicky m'a dit de ne pas m'inquiéter. Nous avons monté l'escalier. Jamie a tapoté la tête d'un lion, puis est monté sur son dos.

– Tu n'as rien à craindre, Nana. Ils sont en pierre. Ils ne peuvent pas te mordre. Ils ne peuvent rien faire du tout.

– Mais tu m'as dit...

– Je te taquinais, c'est tout.

Je me suis dépêchée de passer devant et d'entrer.

– Pourquoi tient-elle ce bâton ? ai-je demandé à Vicky.

– Je crois qu'elle ne voit pas très bien, m'a-t-elle chuchoté. Elle l'utilise pour toucher les choses autour d'elle, les reconnaître et trouver son chemin.

J'ai fermé les yeux pendant un moment et j'ai fait deux ou trois pas. J'ai trébuché contre quelque chose de dur et me suis cogné les côtes. J'avais un peu peur. Je ne savais pas où j'étais. Vicky m'a pris le bras.

– Qu'est-ce que tu fais, Nana?

– Rien.

J'ai rouvert les yeux et j'ai regardé autour de moi.

L'entrée était pleine de vieux meubles. Accrochés au mur, il y avait des tableaux de personnes qui portaient des vêtements d'une époque très ancienne. Il y avait des piles de livres, des boîtes pleines de papiers, et le plus gros piano que j'aie jamais vu, et aussi une horloge dans une grande boîte. Tout était poussiéreux. Je crois que la vieille dame n'aimait pas trop faire le ménage. Moi non plus, je n'aime pas ça. Je préfère jouer à la poupée.

Nous sommes allés dans la cuisine. Des casseroles étaient accrochées au-dessus de la vieille cuisinière, le dessous de l'évier blanc était caché par un rideau vert à rayures et il y avait une grande table et des chaises. La vieille dame a attrapé la bouilloire, a avancé la main pour trouver le robinet, puis l'a remplie et l'a posée sur la cuisinière.

– J'imagine que vous avez faim, aussi, nous a-t-elle dit.

– Je suis affamée! lui ai-je répondu. Nous n'avons mangé que des beignets et des pommes, aujourd'hui.

— Des beignets! Mais voyons! C'est ce que vos parents vous donnent à manger?

Elle a secoué la tête et s'est dirigée vers le réfrigérateur. Elle en a ouvert la porte et en a sorti des petits plateaux couverts de papier d'aluminium ; on aurait dit des plats préparés, mais sans l'emballage coloré.

J'étais sur le point de lui dire que ce n'était pas nos parents qui nous avaient donné les beignets, mais Vicky s'est mise à parler très fort et Jamie m'a fait signe de me taire.

— C'est vraiment très gentil de votre part, a déclaré Vicky bien poliment. Nous ne mangeons pas souvent de beignets, c'était... un petit plaisir.

— Bon. Tant mieux. Vous êtes en pleine croissance. Vous avez besoin de bien manger.

La vieille dame a baissé les yeux vers les plateaux et a fait une petite moue.

— Ce sont des plats de la popote roulante, ils livrent des repas aux personnes âgées. Ce n'est pas de la fine cuisine, mais je ne sais pas comment je ferais, sans eux.

Elle a soulevé les petits plateaux l'un après l'autre pour les approcher de ses yeux afin de pouvoir lire l'étiquette collée sur le dessus.

— J'ai du risotto, une cocotte de fruits de mer et... des pâtes.

— Les pâtes, s'il vous plaît! ai-je dit très vite.

Les noms des autres plats ne me plaisaient pas beaucoup.

— Mais nous ne pouvons tout de même pas vous prendre votre nourriture, s'est opposée Vicky.

— Oui, on peut, elle a dit qu'on pouvait ! ai-je riposté, parce que j'étais vraiment affamée.

La vieille dame a ri.

— Il n'y a pas de problème, ma grande, a-t-elle affirmé à Vicky en mettant les plats dans le four. Marion vient m'en livrer d'autres demain. Je lui dirai simplement que j'ai eu beaucoup d'appétit, cette semaine. Elle sera très contente. Elle dit toujours que je ne me nourris pas assez... Mon frère, en revanche, c'est une autre histoire. Il pourrait dévorer un cheval et avoir encore faim pour le dessert.

— Beurk ! Je ne dévorerais jamais un cheval, ai-je dit. Même si j'avais vraiment, vraiment très faim.

La vieille dame a encore ri, mais j'étais pourtant sérieuse.

Chapitre 18

Elle s'appelait Élisabeth, parce que ses parents admiraient la reine d'Angleterre. Quand elle était petite, elle vivait ici, dans cette grande maison, puis son père a été muté en Asie pour son travail et ses parents ont décidé d'envoyer leurs enfants vivre chez des oncles et des tantes. Personne ne voulait accueillir deux enfants à la fois, alors Élisabeth et son frère ont été séparés. Ils auraient voulu partir tous les deux avec leurs parents, ensemble, mais on ne leur avait pas laissé le choix. Élisabeth allait devoir vivre dans le nord avec une de ses tantes, et son frère serait envoyé en Europe, chez la sœur de leur mère. Alors, à l'âge de douze ans, Élisabeth a pris un train pour la campagne, tandis que son petit frère montait dans un bateau en direction de l'Europe. Lionel avait dix ans, l'âge de Jamie.

Pendant que nous buvions notre chocolat chaud, Élisabeth a pris une vieille boîte à biscuits en métal rouillé sur une étagère. Elle était remplie de photos d'elle et de son frère, gondolées par l'humidité, aux couleurs fanées.

— Quand nous avions vos âges, nous passions nos journées dehors, surtout pendant les vacances. Nous étions dehors dès le déjeuner avalé, et nous ne rentrions qu'à la tombée de la nuit. En général, nous explorions les alentours. Avec Lionel, chaque jour était une aventure.

Nous avons regardé les photos ensemble. C'étaient des photos joyeuses, prises au bord de la mer ou pendant des pique-niques ou à Noël. Lionel était presque aussi grand qu'Élisabeth. Il avait les cheveux blonds, un grand sourire qui montrait ses dents, et il était très bronzé.

— Bon, il ne faudrait pas que ça me fasse oublier votre souper dans le four, a dit Élisabeth avant de pousser un petit soupir et de se lever vivement.

Elle s'est dirigée vers la cuisinière et une bouffée de chaleur s'est répandue dans la cuisine quand elle a ouvert la porte. Elle a agité un bras frêle pour chasser le nuage chaud.

— C'est prêt, a-t-elle lancé en sortant lentement les plats et en les apportant sur la table.

Elle nous a expliqué où trouver les assiettes et les ustensiles et j'ai servi la nourriture pendant que Nana et Jamie mettaient la table.

Nous nous sommes tous assis et Nana, Jamie et moi nous sommes mis à manger de bon appétit, pendant qu'Élisabeth finissait son chocolat chaud tranquillement.

J'ai essayé d'en dire le moins possible sur nous, mais ce n'était pas facile. Élisabeth n'était pas curieuse et elle ne posait pas beaucoup de questions, mais quelque chose en elle me donnait envie de lui parler. Je laissais échapper des détails que j'aurais voulu garder secrets.

Je lui ai dit que nous n'avions pas eu l'intention de mal faire, que nous nous étions simplement un peu perdus et que nous avions voulu prendre un raccourci par ses terres. Elle s'est contentée de hocher la tête, comme si ce genre de chose arrivait tous les jours. Je lui ai expliqué que nous étions en route pour la gare, parce que nous voulions aller chez notre grand-tante. Et puis, peut-être parce qu'elle venait de nous raconter qu'elle et son frère avaient été séparés, et aussi parce que Jamie avait le même âge que son frère quand il avait pris ce bateau, j'ai commencé à lui raconter que nous avions été placés en famille d'accueil et qu'on voulait nous séparer. Elle est restée silencieuse pendant un moment. Je croyais qu'elle allait me conseiller de retourner immédiatement d'où nous venions. Mais non.

— C'est terrible, d'être séparé de sa famille. De ne pas savoir si on reverra un jour les gens qu'on aime, a-t-elle reconnu d'une voix douce.

Nous avons débarrassé la table et j'ai lavé la vaisselle dans le grand évier en céramique. Jamie et Nana l'ont essuyée et l'ont rangée dans les armoires.

Puis, Jamie a demandé s'il pouvait explorer la maison. Je savais bien qu'il en mourait d'envie depuis que nous avions passé la porte. Élisabeth a souri.

— Elle a déjà été mieux rangée et nettoyée...

— Ça ne nous dérange pas, a rétorqué Jamie en se précipitant hors de la pièce.

Cet immense manoir plein de recoins me faisait penser à celui des *Chroniques de Narnia*... Il y avait de longs passages sombres, de grands meubles antiques et des tapisseries élimées sur les murs. Il y avait neuf chambres à l'étage, et, dans deux d'entre elles, des lits aux baldaquins mangés par les mites ressemblaient à d'immenses tentes trouées. Mon amie Rosie aurait adoré cet endroit. Il y avait une cheminée dans chaque pièce, même dans la vieille salle de bain, équipée d'une baignoire géante aux pieds rouillés et d'un carrelage noir et blanc.

Nous étions sur le point de redescendre, quand nous avons aperçu une petite porte au bout du couloir.

— Je me demande bien ce qu'il y a derrière, a dit Jamie en se précipitant vers la porte.

Je l'ai suivi et j'ai eu le souffle coupé. C'était la plus merveilleuse chambre de petit garçon que j'aie jamais vue !

Tout autour de la pièce, par terre, était installé un circuit de chemin de fer, avec des petits ponts, des tunnels, des bâtiments, des arbres et des personnages. Réparties sur les rails, il y avait une dizaine de locomotives, chacune suivie de plusieurs wagons. C'étaient de superbes reproductions minutieuses de véritables trains anciens. Sur une commode à tiroirs étaient posées des maquettes de bateaux, dont un navire de guerre, un bateau pirate avec ses voiles et son drapeau à tête de mort, et un bateau à vapeur, avec sa grande roue à aubes sur le côté.

Des modèles réduits de vieux avions pendaient du plafond, tous couverts d'une épaisse couche de poussière, mais soigneusement collés et peints à la main. Jamie était au paradis. Il ne savait pas par où commencer.

Nous n'avions pas entendu Élisabeth arriver.

— C'est la chambre de Lionel, nous a-t-elle confié. Il a construit lui-même tous ces avions.

Jamie avait déjà saisi l'un des trains et se plaisait à l'examiner.

— Est-ce qu'il voudrait bien que Jamie touche ses affaires ? me suis-je dépêchée de demander à Élisabeth.

— Bien sûr, m'a-t-elle répondu.

J'ai cherché Rhianna des yeux. Elle avait disparu. Il n'y avait pas de signe d'elle dans le couloir non plus. Une légère inquiétude m'a envahie.

— Nana ? l'ai-je appelée.

Pas de réponse.

— Elle n'a pas pu aller bien loin, m'a dit Élisabeth alors que nous la cherchions dans toutes les chambres de l'étage. Ne t'inquiète pas, a-t-elle ajouté en voyant que je commençais à paniquer.

— On ne le dirait pas, mais nous sommes jumelles, lui ai-je confié.

Je lui ai expliqué que Nana avait manqué d'oxygène à la naissance.

— Pour elle, rien n'est facile. Elle ne peut pas se débrouiller toute seule, alors je dois toujours l'aider.

La vieille dame m'a regardée de ses yeux bleu pâle et voilés.

— Ça viendra.

Je ne comprenais pas. Nana n'allait pas soudainement hériter d'un nouveau cerveau, et je ne croyais pas aux guérisons miraculeuses. Que voulait-elle donc dire ?

Nous avons fini par trouver Nana endormie dans l'un des lits à baldaquin, pelotonnée sous un magnifique édredon en soie dorée. Sur l'oreiller, près de sa tête, était posé un petit bibelot d'environ huit centimètres de haut. C'était un pingouin noir et blanc avec un nœud papillon rose, qui souriait d'un air effronté.

Je me suis penchée pour le récupérer, mais Élisabeth m'a arrêtée.

— Non, laisse-la. Ne réveille pas la belle au bois dormant, a-t-elle chuchoté en souriant.

Cela semblait effectivement cruel de la réveiller. J'ai jeté un coup d'œil dehors. La nuit commençait à tomber. Nous aurions dû être partis depuis des heures. Les paons poussaient des cris stridents en se préparant à dormir. Je me suis demandé si les gens qui vivaient dans la petite maison avaient de nouveau fait sortir leurs chiens. J'ai cru les entendre aboyer au loin. Le jardin ne ressemblait plus à une jungle, il n'était plus qu'une forêt d'ombres noires. N'importe quoi pouvait se cacher là-dedans. Je n'avais pas hâte de partir, je redoutais le moment où nous devrions traverser cette forêt.

Je n'avais plus envie d'être responsable de la situation, de tout décider et de tout arranger. J'avais envie d'être simplement une fille de quatorze ans, qui n'aurait pas eu d'autre décision à prendre que de choisir entre acheter un magazine pour ados ou une barre de chocolat.

J'ai soupiré. Je me sentais complètement perdue.

— Vous pouvez passer la nuit ici, si tu penses que c'est une bonne idée, m'a proposé Élisabeth.

J'ai hoché la tête, soulagée.

— Merci.

Élisabeth a hésité, puis m'a pris la main.

— Viens avec moi, je voudrais te montrer quelque chose, m'a-t-elle dit.

Nous sommes descendus au salon. Il y avait un vieux secrétaire dans le coin de la pièce. Élisabeth a posé sa canne blanche contre le meuble, puis a ouvert le secrétaire et a fouillé dedans, avant d'en sortir une vieille chemise en carton. Elle ne contenait qu'un papier, un vieil article de journal, jauni et un peu moisi. Elle me l'a tendu. Il était daté de 1946 et comportait la photo d'un vieux navire.

J'ai regardé Élisabeth et elle a hoché la tête, pour me dire de lire l'article. Le bateau était entré en collision avec un autre navire, peu de temps après avoir quitté le port. On n'avait pu sauver que sept des quatre-vingt-dix passagers.

— Malheureusement, mon frère ne faisait pas partie des sept rescapés. Il n'a jamais atteint l'Europe, et il n'est jamais rentré à la maison.

Sa voix était pleine de tristesse et de regrets.

— Je pense à lui chaque jour, m'a-t-elle dit en me regardant dans les yeux. Vicky, je suis une vieille dame. Beaucoup de choses ont changé depuis mon enfance. Mais certaines choses ne changeront jamais et seront toujours aussi importantes, comme les frères et sœurs, les parents… la famille. Tu as le choix, tu sais. Tu peux décider de continuer… ou de retourner là d'où vous venez. C'est à toi de décider et je ne peux pas te dire quoi faire. Mais je sais une chose : aux grands maux les grands remèdes. Parfois, quand une situation est désespérée, on en est réduit à notre dernier recours.

Chapitre 19

C'était chouette, de se réveiller chez Élisabeth. Le lit était tout chaud et confortable. Je n'avais pas envie de me lever. J'aurais voulu rester sous la douce couverture dorée, mais Vicky était déjà en train de mettre ses chaussures.

– Allez, Nana, viens, c'est l'heure de sortir du lit, m'a-t-elle dit.

– Je n'ai pas envie. Je suis fatiguée.

J'ai pris le petit pingouin sur mon oreiller et lui ai caressé la tête.

– Nous devons prendre le train. Plus vite nous partirons, plus vite nous arriverons chez grand-tante Irène.

– Mais je suis vraiment fatiguée.

– Tu pourras dormir tant que tu voudras quand nous serons arrivés. Tu pourras rester au lit pendant une semaine entière, si tu veux !

– Mais je veux dormir maintenant !

Vicky s'est assise sur le bord du lit et m'a regardée.

– Tu te rappelles à quel point tu avais aimé nos vacances là-bas ?

J'ai hoché la tête.

– Eh bien, ça va être comme ça, mais encore mieux. Parce qu'on va vivre là-bas, ce sera comme si on était en vacances tout le temps.

– Vraiment ?

Vicky a fait « oui » de la tête.

– Chaque jour, m'a-t-elle répondu.

Je suis sortie du lit et j'ai enfilé mes chaussures. J'aimais l'idée d'être en vacances chaque jour.

Jamie était déjà en bas, avec Élisabeth. Il mangeait un bol de céréales.

– Vous êtes prêts ? a demandé Élisabeth en regardant Vicky.

Vicky a répondu par un sourire.

– Merci beaucoup, a-t-elle dit à Élisabeth. Merci pour tout.

Et elle l'a serrée dans ses bras.

– Tu as la tête bien sur les épaules. Je sais que tu vas prendre les bonnes décisions. Votre grand-tante Irène est vraiment chanceuse.

Nous avons attrapé nos sacs à dos. Je tenais encore le petit pingouin à la main. Je l'ai tendu à Élisabeth.

– C'est à vous, lui ai-je dit.

Elle l'a caressé de sa main toute ridée.

– Garde-le, a-t-elle prononcé en souriant. Il va peut-être te porter chance.

– Merci, lui ai-je répondu.

J'ai glissé le pingouin dans la poche de mon manteau et j'ai refermé la fermeture éclair pour qu'il ne tombe pas. Je ne voulais pas le perdre.

Nous sommes partis tous les quatre sur un sentier étroit qui serpentait dans le jardin, et nous avons franchi un petit ruisseau. C'était un très grand jardin. Il était plus grand que le parc de notre quartier, et il était aussi bien plus agréable. Il n'y avait pas d'ordures dans les buissons ni de bouteilles de bière vides dans l'herbe.

Nous avons pris une autre allée bordée de statues et nous sommes arrivés à de grandes grilles. De l'autre côté de l'une d'elles se trouvait une petite maison. Élisabeth nous a expliqué que c'était là que vivaient les propriétaires des chiens. Nous les entendions aboyer à l'intérieur.

– Tout va bien, nous a assurés Élisabeth. Quand les propriétaires ne sont pas là, dans la journée, ils les enferment à l'intérieur.

Elle nous a expliqué comment nous rendre à la gare, puis nous a dit au revoir et nous a serrés dans ses bras. Ensuite, elle s'est appuyée sur sa canne et nous a regardés nous éloigner. Au bout d'un moment, je me suis retournée. Elle était toujours là. Elle était minuscule, comme un petit oiseau. Elle nous a fait un dernier signe de la main, puis nous avons passé un tournant et elle a disparu.

Nous avons marché longtemps pour arriver à la gare. Vicky m'a montré où nous allions, sur la carte. Ça n'avait pas l'air loin, mais, en fait, ça nous a pris une éternité. J'en avais assez et j'avais envie de m'asseoir et de me reposer, mais Vicky le tyran m'a dit que je ne pouvais pas. Elle m'a affirmé que nous devions continuer d'avancer.

Je n'étais jamais montée dans un train. À la gare, l'homme derrière une vitre qui nous a vendu les billets nous a dit: «Bon voyage.» Vicky et Jamie sont allés consulter le tableau d'affichage pour vérifier à quelle heure partait notre train. Je me suis assise sur un banc pour les attendre, et j'ai sorti mon petit pingouin de ma poche. Un homme s'est assis juste à côté de moi.

– Salut, m'a-t-il lancé. Il est vraiment joli, ton pingouin.

– Je sais, lui ai-je répondu.

– Tu aimes les animaux? m'a-t-il demandé.

J'ai hoché la tête.

– Moi aussi, a-t-il ajouté. Mais je préfère les vrais animaux. J'ai d'adorables chiots, chez moi. Ils n'ont que quelques semaines. Mais tu n'aimes peut-être pas les chiots...

– Oh oui, j'adore les chiots! me suis-je écriée.

Vicky est arrivée. Je ne sais pas pourquoi, mais l'homme s'est levé d'un coup et est sorti à toute vitesse de la gare. Vicky m'a attrapé la main et m'a entraînée vers les toilettes.

– Mais je viens d'y aller, Vicky! ai-je ajouté.

Elle a continué de me tirer vers la salle de bain.

– Je ne suis pas un bébé. Je n'ai pas besoin d'aller aux toilettes toutes les deux minutes, lui ai-je expliqué.

Elle n'a pas eu l'air de m'entendre. Elle a sorti nos gourdes et a commencé à les remplir d'eau du robinet.

– Tu ne dois parler à personne, Nana, tu ne dois pas adresser la parole à qui que ce soit!

– Tu ne peux pas me dire quoi faire, tu n'es pas maman! Et puis, j'étais juste en train de faire la conversation. Madame Édouard répète toujours que savoir faire la conversation est une compétence essentielle.

– Je me moque bien de ce que raconte madame Édouard...

— Je vais le lui dire !

Vicky a grogné.

— Je me moque bien de madame Édouard, aussi, m'a-t-elle répliqué. Allez, viens. Le train va arriver d'une minute à l'autre.

J'étais vraiment fâchée contre elle. Elle était toujours en train de me dire quoi faire. Je suis entrée dans une des cabines et me suis assise sur le siège de toilette.

— Nana ! m'a-t-elle crié. Viens !

Je n'ai pas bougé.

— Qu'est-ce que tu as, maintenant ?

— Je ne te parle plus, lui ai-je dit. Et je ne t'obéis plus. Et je te dis crotte et c'est bien fait pour toi !

Chapitre 20

— Rhianna !

— Je ne t'écoute plus...

Elle a plaqué ses mains sur ses oreilles et s'est mise à chanter. J'ai compris que ça n'allait pas être facile, cette fois.

— Rhianna, je t'en prie, pas maintenant...

Elle m'a tourné le dos. Dehors, sur le quai, j'ai entendu une voix annoncer l'entrée en gare de notre train, par les haut-parleurs. Et si Jamie montait dans le train et que nous restions dans la gare ? J'ai jeté un coup d'œil par la fenêtre et l'ai vu, tout au bout du quai plein de monde. Il était trop loin pour que je l'appelle sans crier, et je ne voulais pas attirer l'attention.

— Rhianna, nous devons y aller maintenant. Vraiment maintenant !

Plus ma voix devenait tendue, plus Rhianna chantonnait fort. Ça n'allait pas marcher. J'ai de nouveau regardé

Jamie par la fenêtre, puis j'ai tourné la tête vers Nana. J'avais envie de l'étrangler, parfois, tellement elle m'exaspérait. Je savais que je ne pouvais pas la traîner de force sur le quai. Elle était bien plus grande que moi, et elle piquerait une crise si j'essayais. Il n'y avait plus qu'une chose à faire. Je n'étais pas sûre que ça allait fonctionner, mais je ne pouvais rien essayer d'autre. J'ai pris une grande inspiration et j'ai fait de mon mieux pour adopter une voix légère et détachée.

— D'accord, Nana, reste là. C'est bon. Je vais aller prendre le train avec Jamie.

Je me suis retournée pour partir.

— Eh bien, au revoir...

Son chantonnement s'est fait un peu hésitant, mais je savais que je devais aller jusqu'au bout. J'ai continué à avancer, en me forçant à ne surtout pas me tourner pour la regarder. J'ai avancé jusqu'à la porte. Une foule de gens attendaient le train sur le quai. Un employé aidait un couple de personnes âgées à porter ses valises. J'ai évité son regard et me suis glissée devant lui pour aller rejoindre Jamie. Le train est arrivé en gare et s'est arrêté. J'ai vu Jamie s'avancer vers la porte avec enthousiasme. Je lui ai crié d'attendre, mais c'était trop tard. Il ne m'avait pas entendue et il montait déjà à bord.

J'ai couru vers le wagon, les mains en sueur et le cœur battant. J'ai jeté un coup d'œil autour de moi. Nana n'était nulle part. Jamie est apparu derrière une des fenêtres du wagon et m'a souri.

— Où est Nana ? a-t-il articulé en silence, derrière la vitre.

Ma tête s'est mise à tourner. J'ai senti la panique m'envahir. Comment avais-je pu être assez stupide pour la laisser toute seule dans les toilettes ? Qu'est-ce qui avait bien pu me passer par la tête et qu'est-ce que je devais faire, maintenant ? J'ai fait signe à Jamie de descendre du train, mais il a cru que je lui disais de ranger son sac sur l'étagère à bagages, et il s'est retourné. Des gens me dépassaient pour monter dans le train, mais j'étais figée sur place. Je ne savais absolument pas quoi faire. Est-ce que je devais rejoindre Nana ou Jamie ? Les portes du train allaient bientôt se fermer, le convoi partirait en emmenant Jamie, mais, si je montais à bord, j'abandonnerais Nana dans la gare. Cette pensée m'était insupportable. Par ailleurs, que ferait Jamie si le train partait sans nous ? Il n'était pas vraiment débrouillard...

Il fallait que je reste ici avec Nana et que je réussisse à faire descendre Jamie du train. Je me suis mise à cogner contre la vitre. Un homme en costume beige s'est retourné et m'a jeté un regard désapprobateur. Je lui ai lancé un petit sourire désolé, et il s'est détourné en secouant la tête, marmonnant quelque chose à une dame vêtue d'un manteau vert. Si je continuais ainsi, nous serions rapidement repérés, mais je n'avais pas le choix. J'ai ignoré l'homme et ai recommencé à taper comme une folle contre la fenêtre du wagon. Tout à coup, j'ai senti une main se poser sur mon épaule et je me suis figée.

Je me suis retournée. Je m'attendais à voir un employé de la gare en colère, mais j'ai été soulagée de me retrouver devant Nana, qui avait le visage tout rouge et barbouillé de larmes.

— Ne me fais plus jamais ça ! lui ai-je ordonné d'un ton brusque en repoussant sa main d'un coup sec.

Elle a fait un pas hésitant vers l'arrière, comme si je l'avais frappée. Des larmes se sont mises à couler sur son visage rond.

— Je suis désolée, Vicky, je suis désolée.

Elle tremblait, et moi aussi. J'ai posé mon bras sur ses épaules et l'ai serrée contre moi, en me mordant les lèvres si fort que j'ai senti le goût du sang dans ma bouche.

— Ça va, ça va. Arrête de pleurer.

Nous avons entendu un sifflement, et les derniers passagers sont montés dans le train. J'ai tiré Nana à bord et j'ai cherché Jamie des yeux. Il était à l'autre bout du wagon, maintenant rempli de passagers.

— Eh bien, vous en avez mis, du temps ! s'est-il exclamé en me jetant un regard accusateur.

La plupart des sièges étaient occupés, alors nous avons changé de wagon. Nana avait enfin arrêté de pleurer, mais elle poussait encore de bruyants hoquets. Elle ne voulait pas me lâcher la main et, d'une certaine façon, je n'avais pas envie de la lâcher non plus.

Le train était bondé de vacanciers et personne ne nous prêtait attention. Nous avons fini par trouver un emplacement où quatre sièges entouraient une table. Un homme barbu occupait une des places contre la fenêtre. Devant lui, sur la table, une petite radio allumée diffusait un match de soccer. Je déteste le soccer, c'est tellement ennuyeux ! Il devait trouver ça ennuyeux aussi, parce qu'il dormait en ronflant bruyamment. Nous nous sommes effondrés dans les trois autres sièges et, pour la première fois de la journée, je me suis détendue.

J'ai regardé le paysage par la fenêtre, pendant que Nana bavardait joyeusement avec Jamie. Elle avait oublié son chagrin. Nous avons bu l'eau de nos gourdes. Elle avait un goût horrible, mais nous avions si soif que nous nous en moquions. Le train est sorti de la ville, et nous avons traversé des champs et des bois, nous avons longé une rivière dans laquelle des gens pêchaient, nous sommes passés devant des chevaux qui broutaient et une famille qui pique-niquait.

Petit à petit, la campagne devenait plus sauvage, et des collines approchaient à l'horizon. Le bruit du train sur les rails semblait nous dire : « Vous êtes presque arrivés, vous êtes presque arrivés. » Le train s'est arrêté dans plusieurs petites gares. Certains passagers descendaient, mais davantage encore montaient chaque fois. Dès que nous repartions, le train se remettait à nous chanter sa chanson rassurante : « Vous êtes presque arrivés, vous êtes presque arrivés, vous êtes presque arrivés... »

Je me suis mise à penser à Paul et à Sarah et me suis sentie coupable. C'était terrible de ne pas savoir ce qui leur était arrivé. « Oh, pourvu que leur bébé aille bien, surtout », me suis-je dit. Je les ai imaginés à l'hôpital. J'ai vu Paul assis près du lit de Sarah, attendant qu'elle se réveille, ou que le médecin passe, ou encore l'encourageant à manger. Je connaissais bien cette vie à l'hôpital, je l'avais vécue avec maman. J'ai espéré que leurs propres problèmes les occupaient assez pour qu'ils n'aient pas le temps de s'inquiéter pour nous. Et puis une pensée désagréable m'est venue tout à coup. Papa aussi devait savoir que nous nous étions enfuis, maintenant. Comment avait-il réagi ?

Je me suis forcée à penser à autre chose. Matt. Non. Rosie ? J'avais terriblement envie de l'appeler ou de lui envoyer un message texte, mais je ne pouvais absolument pas allumer mon téléphone. Je savais que la police pouvait retrouver l'origine des appels. C'était trop risqué.

J'ai fermé les yeux et me suis dit que je devais rester optimiste. Je devais me tourner vers le futur, pas vers le passé. Quand elle nous verrait arriver, grand-tante Irène serait surprise, bien sûr, mais elle nous préparerait sûrement un bon repas. Puis, elle nous dirait que tout irait bien et que je n'avais plus besoin de m'inquiéter. Elle était très vieille, mais elle avait toute sa tête et elle allait tout arranger. Quand on nous a enlevés à papa, madame Frank m'a demandé si nous avions de la famille qui pourrait nous accueillir. Il y avait seulement oncle Michel et grand-tante Irène. Quand elle a appris que grand-tante Irène avait quatre-vingt-un ans et qu'elle n'avait pas le téléphone, madame Frank a déclaré que ce n'était pas envisageable de nous envoyer chez elle et que ce n'était pas la peine de la déranger en la contactant.

Je n'aurais jamais dû écouter cette vieille sorcière. Grand-tante Irène, c'était notre famille.

Je me suis dit que nous nous sentirions vraiment en vacances. Mieux encore, nous aurions l'impression de rentrer à la maison. Chez nous. Et, si nous ne pouvions jamais retourner chez Paul et Sarah, ce ne serait pas si grave. Nous allions nous créer une nouvelle vie, découvrir une nouvelle école, nous faire de nouveaux amis. Je ne rencontrerais sûrement personne comme Rosie, mais ce ne serait pas étonnant : elle était vraiment unique. Grâce à l'aide de grand-tante Irène, Nana ferait des progrès. Nana adorait lire des livres avec elle. Et Jamie se calmerait enfin. Il cesserait de se battre. Il était si doux avec Japou – ce chien faisait ressortir son côté tendre. Ils joueraient tous les deux pendant des heures dans l'immense jardin de grand-tante Irène, et Jamie construirait des cabanes et des campements un peu partout, mais ça n'embêterait pas du tout grand-tante Irène. Elle était si gentille. Elle nous laisserait peut-être même camper de nouveau sur son île. Nous allions aussi beaucoup l'aider. Nous participerions à la vie de la maison en faisant les courses et le ménage. Même Nana pourrait nous aider à faire la vaisselle ou à mettre la table. Et puis, grand-tante Irène serait heureuse d'avoir de la compagnie.

Un jour, elle m'a dit: « Les vieilles personnes se sentent parfois seules. C'est pourquoi nous aimons avoir des jeunes autour, ça nous secoue un peu et nous rappelle que nous sommes encore en vie ! »

J'ai pensé à Élisabeth, seule dans son grand manoir, avec ses souvenirs pour toute compagnie. Nous pourrions aller lui rendre visite avec grand-tante Irène. Elles s'entendraient à merveille, toutes les deux. Elles pourraient se raconter leurs souvenirs de jeunesse pendant des heures. J'ai souri intérieurement. Tout allait être si parfait.

J'ai rouvert les yeux. Nana et Jamie étaient en train de jouer au tic-tac-toe sur un morceau de papier. Pour une fois, Jamie laissait Nana gagner et elle était ravie. À la radio, le match de soccer était terminé, et un présentateur annonçait maintenant les nouvelles. J'ai vérifié de nouveau la carte et j'ai compté les arrêts que nous avions déjà dépassés. Nous devions descendre dans deux arrêts, et j'ai commencé à déterminer l'itinéraire que nous allions suivre ensuite. Je me suis redressée d'un coup en entendant le présentateur annoncer: « ... les trois enfants portés disparus, des jumelles non identiques de quatorze ans et un garçon de dix ans... »

J'ai figé sur place. Nana et Jamie n'avaient rien entendu. Le présentateur a commencé à nous décrire avec précision. Effrayée, j'ai jeté un coup d'œil hésitant aux voyageurs assis de l'autre côté de l'allée. Ils étaient en train de bavarder et de rire, mais l'un d'eux risquait de nous remarquer à tout moment. J'ai avancé la main rapidement et j'ai éteint la radio. L'homme barbu s'est immédiatement mis à s'agiter.

— Vite, levez-vous, ai-je chuchoté à Jamie et à Rhianna.

— Qu'est-ce qui se passe ? a demandé Jamie.

L'homme a saisi sa radio, étonné qu'elle ne fonctionne soudainement plus. Il l'a secouée, puis s'est rendu compte qu'elle était éteinte. Il nous a jeté un coup d'œil fâché et l'a rallumée, en montant le volume. « Les appels lancés aux enfants sont restés sans réponse, et les policiers sont de plus en plus inquiets pour leur bien-être et leur sécurité. Voici maintenant les prévisions météorologiques... »

Jamie a pâli et a attrapé son sac. J'ai aidé Nana à se lever et nous nous sommes tous les trois dirigés vers la porte du wagon. Nous sommes passés devant une femme qui portait un cardigan rouge, et elle a levé les yeux vers nous.

Un éclair de surprise a traversé son visage. Elle a eu l'air de vouloir me dire quelque chose, mais je n'ai pas attendu qu'elle me parle. J'ai poussé Jamie et Nana dans le wagon suivant. Le train entrait en gare.

— Qu'est-ce qui se passe, Vicky ? m'a demandé Nana.

— On descend du train, Nana. Maintenant.

— Mais c'est seulement le cinquième arrêt. J'ai compté. Tu avais dit qu'on descendait au sixième arrêt.

— Ne t'inquiète pas. Viens. Prends ton sac.

Nous sommes rapidement passés d'un wagon à l'autre en nous éloignant de la dame en rouge. Quand le train s'est enfin arrêté, nous avons ouvert la porte et nous sommes descendus.

C'était une toute petite gare, perdue dans la campagne. Tout était très calme et complètement désert. Il n'y avait que quelques randonneurs en short et en chaussures de marche, descendus en même temps que nous.

J'ai regardé en arrière, vers l'autre bout du train. La femme en rouge se tenait sur le quai, et elle parlait avec animation au chef de gare, en nous pointant du doigt. Elle nous avait reconnus. Le chef de gare hésitait entre faire démarrer le train et nous courir après. Nous nous sommes précipités vers la sortie en bousculant les randonneurs, et la femme nous a crié : « Attendez ! Revenez ! » Nous n'avons pas obéi.

Nous étions presque arrivés chez grand-tante Irène. Ce n'était pas le moment d'abandonner.

Chapitre 21

Nous sommes sortis de la gare en courant et Vicky nous a dit de nous cacher derrière des buissons, parce qu'elle devait regarder la carte de nouveau. Elle nous a expliqué que ce serait un peu long avant d'arriver chez grand-tante Irène, parce que nous étions descendus du train plus tôt que prévu. Elle a dit que ce n'était pas grave, parce que nous allions prendre un raccourci. J'ai trouvé que son raccourci n'était pas très court. Nous avons emprunté un petit sentier. Il n'y avait pas de maisons, seulement des champs et des buissons et des arbres.

Nous avons marché pendant des heures et des heures. Les ronces m'égratignaient les jambes et j'avais mal aux pieds. Je n'arrêtais pas de trébucher et de me cogner les genoux quand nous escaladions les clôtures et les obstacles. Puis il s'est mis à pleuvoir et, comme ma capuche ne tenait pas bien sur ma tête, mes cheveux ont fini par être tout mouillés. De l'eau coulait dans mon cou et j'avais envie de retourner chez Élisabeth. Je l'ai dit à Vicky, mais elle ne m'a pas écoutée, parce qu'elle était en train de regarder la carte et de se disputer avec Jamie au sujet de la direction à prendre. Et puis Jamie a dit qu'il fallait faire attention, parce qu'il y avait peut-être des renards enragés. Il a dit que, si on se faisait mordre, on se mettrait à baver de la mousse et que nos bras et nos jambes s'agiteraient dans tous les sens, et qu'ensuite on mourrait.

Un jour, à l'école, un des bras et une des jambes de Maxine se sont mis à bouger dans tous les sens, et de la mousse sortait de sa bouche. Mais je ne crois pas qu'un renard enragé l'avait mordue. Dans la classe d'éducation spécialisée, on a seulement des cochons d'Inde. Ils s'appellent Frimousse et Tom, et je ne crois pas qu'ils soient enragés. Madame Édouard ne nous a pas dit ce que Maxine avait. Elle nous a seulement dit d'aller attendre dans le couloir. Je n'avais pas envie de sortir de la classe, parce que Maxine me regardait et que je savais qu'elle voulait que je reste pour lui tenir la main, celle qui ne bougeait pas. Mais madame Édouard n'a pas voulu. Une ambulance est venue chercher Maxine. Pour une fois, Charlène Jackson ne s'est même pas moquée, elle est restée là, la bouche ouverte, à observer les ambulanciers emmener Maxine. C'était la récréation et tout le monde regardait. Ils ont parti la sirène et un groupe de garçons a suivi l'ambulance en courant jusqu'au portail de la cour. Maxine a manqué l'école pendant très longtemps.

J'en avais assez de m'enfuir. Jamie aussi. Son humeur était de plus en plus mauvaise. Il a arraché la carte des mains de Vicky et lui a dit qu'elle n'était qu'une idiote de fille et que tout le monde savait bien que les filles ne pouvaient pas lire les cartes. Il a observé la carte pendant une éternité. Puis Vicky lui a demandé où on était, et alors il lui a lancé la carte en lui disant qu'il n'en avait aucune idée.

Vicky s'est fâchée, parce qu'elle n'a pas réussi à rattraper la carte, qui est tombée par terre, dans l'eau et la boue. Puis le vent l'a emportée et Vicky a dû courir pour la récupérer. Elle était déchirée.

Elle a chicané Jamie, qui lui a répondu des choses vraiment très grossières, avant d'ajouter qu'il s'en fichait.

Mes jeans étaient couverts de boue et j'avais froid et mes bas étaient trempés. Je l'ai dit à Vicky, et elle m'a répondu que ce n'était pas grave, puisqu'on serait bientôt arrivés. Mais ce n'était pas vrai. On a continué à marcher, et à marcher, et à marcher.

Un jour, j'ai participé à une marche avec les autres élèves d'éducation spécialisée. Nous voulions récolter de l'argent et acheter un ordinateur pour notre classe, mais nous n'avons pas marché aussi longtemps. Il faisait beau, et nous avions des boissons et des collations. Madame Édouard a joué avec nous à «Devine ce que je vois», et nous avons chanté et c'était amusant. Mais, là, je n'avais pas envie de chanter ni de jouer à

«Devine ce que je vois», même si Vicky voulait bien que ce soit toujours mon tour de poser les devinettes.

Je n'arrêtais pas de lui demander si nous étions bientôt arrivés, et elle me répondait «dans pas longtemps», ou «bientôt», mais on n'arrivait jamais. Au bout d'un moment, elle a cessé de me répondre quand je lui posais la question. Jamie m'a dit d'arrêter de me plaindre, sinon il allait me pincer et me donner une raclée. Vicky ne répondait toujours rien, alors je me suis assise sur l'herbe mouillée. Du coup, elle m'a parlé.

– Nana, tu veux bien me dire ce que tu fabriques?

– Je veux manger.

– Nous n'avons rien à manger. Allez, debout!

Elle s'est penchée vers moi et a essayé de me faire lever. Je l'ai repoussée.

– Je veux des saucisses, des frites et des petits pois, et, ensuite, je veux regarder les dessins animés avec grand-tante Irène.

– Lève-toi! a hurlé Vicky.

– Et pourquoi, de toute façon? s'est emporté Jamie en laissant tomber son sac près de moi. On ne sait même pas où on est! À cause de toi, on est sûrement en train de marcher en cercle!

– À cause de moi? Attends, je te rappelle que c'est vous qui avez voulu vous enfuir! a rétorqué Vicky d'un ton brusque. Je ne voulais pas partir, moi. C'est vous qui avez eu cette idée brillante.

Elle nous a fixés tous les deux, assis sur l'herbe sous la pluie. Ses cheveux orange ressemblaient à de la laine mouillée et des mèches étaient collées sur son visage.

— Allez, debout ! Nous devons avancer !

— Arrête de nous donner des ordres ! lui a crié Jamie. On en a assez, n'est-ce pas, Nana ?

— Ouais. Tu n'arrêtes pas de nous donner des ordres. On n'aime pas ça.

Elle nous a regardés et a fait un petit bruit de gorge.

— Je vous donne des ordres ? a-t-elle répété.

Elle avait le visage tout rouge et sa bouche était tordue.

— OK. C'est bon. Je ne vous donne plus d'ordres. Restez là si ça vous fait plaisir. Ce n'est pas à moi de m'occuper de vous. Je ne suis pas maman, c'est compris ? Je ne suis pas votre mère.

Elle a repoussé ses cheveux mouillés pour dégager son visage.

— Et puis, moi aussi, je suis fatiguée, j'ai faim et je suis trempée. J'en ai assez. À partir de maintenant, faites donc ce que vous voulez. Je ne vais plus donner d'ordres à personne, parce que, voyez-vous, je rentre. Et je me moque bien de ce qui va nous arriver. Tant pis si on nous sépare, tant pis si on m'envoie sur la lune, ça m'est bien égal, maintenant...

Elle s'est retournée et a commencé à s'éloigner. Jamie s'est levé d'un bond et lui a couru après en grognant comme un ours. Il lui a sauté sur le dos et elle a essayé de le repousser. Elle tournait dans tous les sens et s'est mise à lui crier de la laisser tranquille, mais il ne l'a pas écoutée. Ils sont tombés par terre et ont roulé dans l'herbe mouillée en se donnant des coups et en hurlant.

Le bruit m'a transpercé les oreilles et a rempli ma tête, jusqu'à ce qu'elle me fasse mal. Je leur ai crié d'arrêter, mais ils ont continué à se battre, alors j'ai hurlé, moi aussi. J'ai commencé à courir et j'ai grimpé la petite colline. J'ai fermé les yeux et je me suis plaqué les mains sur les oreilles pour ne plus les entendre. J'ai continué à courir et à monter, monter, jusqu'à ce que mes jambes se mettent à trembler. Et je suis tombée, en glissant et en me cognant partout.

Chapitre 22

Nous avons tous les deux entendu les hurlements. Choqués, nous avons regardé autour de nous, oubliant notre dispute.

— Rhianna !

Elle n'était nulle part. Nous avons monté la petite colline à toute allure. Arrivés au sommet, nous avons eu peur de regarder de l'autre côté. Le flanc de la colline descendait en pente raide et était couvert d'arbres, de buissons et de ronces. Puis nous l'avons vue tout en bas, près d'un ruisseau qui courait sur des galets. Elle était allongée au sol, comme une poupée de chiffon. Nous nous sommes précipités vers elle, courant et glissant dans la boue. Les ronces déchiraient nos vêtements et nous égratignaient. J'ai commencé à paniquer. Nous étions loin de tout. Et si elle était gravement blessée ? Tout à coup, j'ai eu la nausée. Et si elle était morte ?

Je me suis arrêtée près d'elle et je l'ai regardée. Elle était totalement immobile. Son grand visage rond était plein d'éclaboussures de boue, mais il était blanc comme un drap. Les morts ressemblaient-ils à ça ? Je n'ai pas vu maman après sa mort. Un soir, elle était dans son lit d'hôpital ; le lendemain matin, elle n'était plus là et papa était en train de rassembler ses affaires. Papa m'avait dit que Jamie était trop jeune et que Nana ne comprendrait pas, mais qu'il pensait que je devais l'accompagner aux funérailles. Mais je ne supportais pas l'idée de voir ce cercueil, avec maman enfermée dedans, alors je n'y suis pas allée. Je ne lui ai pas dit au revoir.

Jamie est arrivé près de Nana le premier. Il s'est penché sur son visage.

— Elle respire, a-t-il chuchoté. Vicky, ne reste pas plantée là...

Mais je ne savais pas quoi faire. J'étais en train de vivre mon pire cauchemar et tout était ma faute.

— Vicky ! m'a crié Jamie. Fais quelque chose !

J'ai retiré ma veste, l'ai roulée pour en faire un petit coussin et l'ai glissée doucement sous la tête de Nana. J'ai sorti des mouchoirs de mon sac et j'ai nettoyé doucement son visage, la pluie m'aidant à ôter la boue et la saleté. Au bout de quelques secondes, elle a battu un peu des paupières.

— Nana, est-ce que ça va ?

Elle a ouvert les yeux et a poussé un gémissement.

— Où as-tu mal ? lui a demandé Jamie.

— Partout.

— Tout va bien aller, ne t'inquiète pas, tout va bien aller, lui a-t-il assuré.

J'ai regardé Jamie. Son visage était aussi pâle que celui de Rhianna. Il avait l'air au bord des larmes.

Lentement, nous lui avons demandé de bouger chaque doigt, chaque orteil, chaque membre. Elle n'avait rien de cassé et ses blessures les plus graves n'étaient que des coupures et des bleus, mais elle était épuisée.

— Il faut qu'on la mette à l'abri de la pluie, ai-je dit.

J'ai regardé autour de moi. Face à la pente que nous venions de descendre, le terrain remontait et formait une paroi encore plus raide, couverte de roches. Un cours d'eau tombait en cascade sur elles et formait une petite mare bordée de fougères. Un ruisseau en partait, qui serpentait entre des arbres et des rochers couverts de mousse. Au pied de la cascade, la paroi s'avançait, créant un renfoncement plongé dans l'ombre, au niveau du sol. J'ai pensé que cet endroit était peut-être à l'abri de la pluie. Je l'ai indiqué à Jamie, qui est parti l'examiner. Il a disparu un moment, puis je l'ai vu réapparaître avec un sourire nerveux.

— C'est une grotte ! Elle est à moitié cachée derrière les ronces et elle n'est pas très grande, mais c'est sec, à l'intérieur. Quelqu'un en a fait une cabane, il y a des choses dedans.

Nous avons aidé Rhianna à se lever et avons passé nos bras autour d'elle pour la soutenir jusqu'à la grotte. Avec précaution, nous avons écarté les branches d'un immense rosier couvert de fleurs. Dehors, la paroi en pierre était couverte de mousse et de fougères, mais l'intérieur de la grotte était bien sec, comme l'avait dit Jamie. J'ai frissonné, car je savais que c'était sans doute plein d'araignées et d'insectes, mais j'ai pensé à

Nana et je me suis interdit de m'inquiéter à cause de ces bestioles.

Sur le sol, il y avait un tapis poussiéreux et quelques coussins moisis. Nous avons tranquillement fait asseoir Rhianna par terre, puis nous lui avons enlevé son manteau et son pantalon mouillés avant de l'envelopper dans son sac de couchage. Sur le mur, une roche formait une petite tablette, et dessus étaient posées une vieille boîte à biscuits en métal et quelques bandes dessinées tout abîmées. On aurait dit que personne n'avait touché à tout cela depuis bien longtemps. Délicatement, j'ai ouvert la boîte en métal. Elle contenait un paquet de biscuits desséchés à moitié plein. Nous étions tellement affamés que nous les avons mangés jusqu'à la dernière miette.

J'ai nettoyé les coupures de Nana le mieux possible avec un peu d'eau du ruisseau. Puis Jamie et moi avons déroulé nos sacs de couchage et avons tiré la fermeture éclair de celui de Nana pour la mettre au chaud.

— Nana, lui ai-je chuchoté en l'enveloppant bien comme il faut, je suis désolée. Je ne pensais pas toutes ces choses que j'ai dites. Je me soucie de vous deux, bien sûr. Je te le promets.

Elle m'a regardée de ses grands yeux gris et m'a demandé :

— Est-ce que tu vas nous laisser tout seuls ici, tous les deux ?

— Bien sûr que non, petite idiote, lui ai-je répondu en la serrant dans mes bras.

— Je ne suis pas idiote.

— Tu as bien raison, ai-je admis. C'est moi, l'idiote.

Après avoir suspendu de notre mieux nos manteaux et nos jeans mouillés pour les faire sécher, Jamie et moi nous sommes allongés de chaque côté de Rhianna. Quelques minutes plus tard, elle dormait profondément. Au bout d'un quart d'heure, Jamie dormait aussi. Cette journée avait été si longue et horrible ! Je me suis retournée et j'ai fermé les yeux, mais je n'arrivais pas à m'endormir. Il ne faisait pas encore tout à fait nuit, il ne pleuvait plus et les nuages étaient en train de s'éloigner. Le plus silencieusement possible, j'ai ouvert mon sac de couchage, puis j'ai enfilé mes jeans de rechange et mes chaussures de sport mouillées, et je me suis faufilée hors de la grotte.

Tout était silencieux et il y avait une fraîche odeur de terre. J'ai suivi le ruisseau à travers les bois, en me disant que je pourrais facilement retrouver mon chemin, tant qu'il ne ferait pas trop nuit. Les bois étaient étrangement silencieux et un peu effrayants. Il y avait de la brume et des gouttes tombaient des feuilles des arbres, encore mouillées. J'ai marché le long du ruisseau pendant une dizaine de minutes. J'étais sur le point de faire demi-tour quand j'ai vu qu'il y avait de moins en moins d'arbres et que le sol devenait plus caillouteux. J'ai levé les yeux et j'ai eu le souffle coupé quand je l'ai vue. Notre île au milieu du lac. Elle était là, juste devant moi.

Nous étions si près, et nous ne le savions même pas. Le lac était aussi beau que dans mon souvenir. Sa surface étincelait de reflets rose et orange dans le soleil couchant.

Je me suis approchée du lac et j'ai suivi la rive du regard. Un peu plus loin, sur le flanc d'une petite colline, se trouvait la maison de grand-tante Irène, avec ses murs verts et son toit gris. Notre nouveau foyer nous attendait là, patiemment, comme un vieil ami.

J'avais envie de crier de joie et de pleurer en même temps, mais je n'ai pas osé. J'entendais le bruit aigu de deux motos tout-terrain, au loin. Il y avait encore des gens, dehors.

J'ai entendu Japou pousser quelques aboiements excités quand des canards se sont posés sur le lac en cancanant. Je n'avais pas envie de retourner à la grotte. J'aurais aimé m'asseoir et observer la maison, le lac et son île toute la nuit, mais je savais que je devais rentrer. Ce n'était vraiment pas le moment de me perdre ou de trébucher et de tomber, alors j'ai suivi lentement et prudemment le ruisseau en sens inverse pour rentrer. Jamie et Nana dormaient toujours profondément.

— Nous sommes arrivés, ai-je chuchoté dans le noir. Nous sommes vraiment arrivés.

Chapitre 23

Le lendemain matin, Jamie m'a dit de me dépêcher de me lever, parce que nous partions voir grand-tante Irène, mais, quand je suis sortie de mon sac de couchage, mes jambes étaient toutes molles et fatiguées. Mes jeans étaient presque secs, mais je n'avais pas du tout envie de me presser, même si c'était pour aller voir grand-tante Irène et Japou. Vicky m'a dit que j'allais sûrement me sentir mieux bien vite et elle m'a fait boire de l'eau de ma bouteille. Elle a examiné mes coupures et mes bleus, et m'a demandé si j'avais la tête qui tournait.

Nous avons suivi le ruisseau. J'ai failli tomber, parce que le sol était glissant, et Vicky et Jamie ont dû m'aider à avancer. Au bout d'un moment, nous sommes sortis des bois et nous avons vu le lac. Jamie et moi avons commencé à crier de joie et à pousser des hourras, mais Vicky nous a conseillé de nous taire. Je voulais m'approcher de l'eau, mais Vicky m'a dit : « Mais non, regarde, là-bas! » Elle me montrait du doigt la maison de grand-tante Irène. J'étais tellement heureuse que j'ai oublié que j'étais fatiguée. Nous avons couru le long du lac, et puis nous sommes tombés sur un chemin.

– Venez, s'est écrié Jamie. C'est le chemin qui mène à la maison, vous vous rappelez?

Nous étions presque arrivés à la limite du jardin de grand-tante Irène, quand la porte de la maison s'est ouverte et qu'une femme en est sortie. Elle avait des cheveux noirs bouclés et sa peau était brun foncé.

– Elle ressemble à la maman de Maxine! ai-je chuchoté à Vicky.

– Elle a dû rendre visite à grand-tante Irène, a dit Vicky. Ou elle l'aide peut-être à s'occuper de la maison, ou quelque chose comme ça...

– Elle ne va plus avoir besoin de son aide, puisqu'on est là, maintenant, ai-je répondu.

Un homme blond et grand est sorti de la maison juste derrière la dame. Il portait une grande boîte en carton.

– Et lui, qui c'est? ai-je demandé.

– Ce sont des cambrioleurs! s'est exclamé Jamie. Vite, venez!

Il a escaladé la clôture et a atterri dans le jardin de grand-tante Irène, tandis que l'homme et la femme contournaient la maison. Jamie s'est mis à courir.

— Jamie, attends...

Vicky et moi l'avons suivi, mais, quand nous avons atteint la maison, les cambrioleurs étaient déjà en train de s'éloigner dans une voiture rouge.

— Ils ont dû attacher grand-tante Irène. On doit aller la sauver, a crié Jamie.

Nous nous sommes dirigés vers la porte de derrière, et Vicky l'a poussée lentement. Elle s'est ouverte en grinçant, comme dans les films qui font peur.

— Grand-tante Irène ?...

Il n'y avait personne dans la cuisine. La maison était silencieuse. La pièce avait changé. Avant, grand-tante Irène avait un grand vaisselier, et les tablettes étaient couvertes de belles assiettes et de jolies tasses. Il y avait aussi un saladier, et puis deux chats en porcelaine posés de chaque côté d'une photo de nous tous. Tout ça avait disparu comme par magie. Par terre, à la place du vieux panier de Japou, il y avait un gros coussin en fausse fourrure.

— Où est-elle, Vicky? ai-je demandé. Je veux voir grand-tante Irène.

La porte du couloir s'est ouverte - enfin, grand-tante Irène nous avait entendus.

Mais ce n'était pas elle. C'était un garçon. Un grand garçon à la peau couleur caramel et aux yeux bruns inquiets.

— Qu'est-ce que vous avez fait de grand-tante Irène ? a dit brusquement Jamie en s'approchant du garçon et en collant son visage tout près du sien.

Le garçon a fait un pas en arrière.

— Mais… rien. Qui êtes-vous ?

— Nous sommes de sa famille, et nous sommes là pour la voir.

— Je ne comprends rien à ce que vous racontez, a répondu le garçon, d'une voix qui tremblait de plus en plus. C'est chez moi, ici, et vous feriez mieux de partir avant que mes parents reviennent, sinon…

— Mais elle vit ici.

— Mais non !

Tout à coup, Japou est arrivé dans la cuisine en bondissant.

— Japou !

Jamie s'est agenouillé près du chien et lui a fait un gros câlin. Japou s'est mis à lui lécher le visage, tout content.

— Il s'appelle Max, a dit le garçon.

Jamie est allé à l'autre bout de la cuisine et a fait : « Japou ! » Le chien a couru vers lui.

— Tu vois bien. Il s'appelle Japou. C'est le chien de notre grand-tante.

– Max ! a fait le garçon.

Le chien est allé le rejoindre.

– Je l'ai trouvé juste après notre emménagement, a-t-il expliqué. Il grattait à la porte de derrière et gémissait pour entrer. Il était à moitié mort de faim et sa fourrure était tout emmêlée.

Il a regardé Vicky.

– Ma mère pense qu'il appartenait à la vieille dame qui vivait ici avant nous.

– Mais où est-elle, maintenant, cette dame ?

Le garçon a haussé les épaules.

– Je crois qu'elle est morte...

Chapitre 24

Je me suis effondrée sur la chaise qui était près de moi.

— Où est grand-tante Irène ? a demandé Nana.

— Elle n'est pas là, Nana. Elle est morte, lui ai-je répondu doucement.

Rhianna s'est mise à pleurer.

Jamie a donné un coup de pied dans la table, puis a frappé du poing dessus.

— C'est pas juste !

— Tu veux bien..., a commencé à dire le garçon, mais Jamie s'est retourné d'un coup et lui a jeté un regard féroce en fronçant ses gros sourcils noirs.

Inquiet, le garçon a fait un autre pas en arrière. Il devait avoir à peu près mon âge, peut-être même un peu plus, mais Jamie était assez effrayant quand il était en colère.

— Qu'est-ce qu'on fait, maintenant ? m'a demandé Jamie en me regardant.

J'ai soupiré. Je n'avais aucune envie de prononcer à voix haute la seule conclusion possible de toute cette histoire. C'était fini. Terminé. Il fallait rentrer. Nana allait se retrouver dans cette pension et Jamie et moi allions vivre chez des étrangers. Nous n'allions probablement pas nous voir pendant des mois.

Le garçon jetait des regards nerveux à Jamie, comme s'il avait peur de se faire mordre à tout moment.

— Mais, alors... Qu'est-ce qui se passe ?

J'ai regardé le garçon. Il y avait peut-être une solution. Notre aventure n'était peut-être pas encore terminée.

— Est-ce que tu sais garder un secret ? ai-je lancé.

Il a haussé les épaules, étonné.

— Bien sûr.

— Ne lui dis rien ! m'a intimé Jamie d'un ton brusque.

— Je m'appelle Daniel.

J'ai observé son visage et j'ai senti le doute m'envahir. Pouvais-je lui faire confiance ? Il nous regardait avec méfiance, l'un après l'autre, comme s'il s'attendait à ce que les choses se passent mal. Puis je me suis rappelé ce que m'avait dit Élisabeth : aux grands maux les grands remèdes. J'ai pris une décision.

— Nous nous sommes enfuis.

Daniel s'est tourné vers moi et m'a fixée. Je me sentais rougir. Son visage s'est éclairé soudain, et il a écarquillé les yeux.

— Vous êtes les David, n'est-ce pas ? J'ai vu vos photos à la télé, hier soir. Tout le monde vous cherche.

— Nous ne voulons pas retourner là-bas.

— Mes parents vont bientôt arriver.

— Il ne faut pas qu'ils nous voient. Ils ne doivent pas savoir que nous sommes là.

— Mais...

— Nous avons trouvé une grotte..., a commencé à dire Rhianna.

— Mais c'est ma grotte !

— C'est la nôtre, maintenant, a lancé Jamie en jetant un regard farouche à Daniel.

Nous avons entendu une voiture s'approcher.

— Peux-tu nous aider ? l'ai-je supplié. S'il te plaît...

Il nous regardait l'un après l'autre, d'un air embarrassé.

Une porte de voiture a claqué. Rhianna s'est mise à pleurnicher bruyamment, et je me suis sentie gênée.

— Nana, s'il te plaît, pas maintenant !

— Mais je ne veux pas aller dans cette école. Je veux rester avec toi et Jamie.

Le garçon a fait une grimace. Quelque chose venait de le pousser à prendre une décision.

— D'accord... Je vais vous aider. Mais faites vite, et, surtout, pas de bruit !

Rhianna a arrêté de se lamenter et il nous a guidés dans le couloir, jusqu'au salon. Il a rapidement ouvert les grandes portes-fenêtres.

— Daniel ? a fait une voix de femme depuis la cuisine.

— J'arrive ! lui a-t-il répondu.

Il s'est tourné vers nous.

— Allez vous cacher dans la grotte. Ils ne savent pas qu'elle existe. Personne ne la connaît. Je vais vous apporter à manger et quelques autres affaires dès que possible.

Je n'ai pas eu le temps d'empêcher Rhianna de se jeter sur Daniel pour le prendre dans ses bras.

— Merci ! lui a-t-elle dit.

Le garçon a souri et, pendant un petit moment, ses yeux tristes se sont éclairés et il a eu l'air complètement différent.

Il s'est vite dégagé de Rhianna.

— Ne faites pas de désordre dans ma grotte, d'accord ?

Nana a hoché la tête, et la mère de Daniel l'a appelé de nouveau.

— Allez, partez ! nous a-t-il ordonné en nous poussant dans le jardin.

Chapitre 25

Daniel nous a apporté des tonnes de nourriture : du pâté à la viande, des bananes, des biscuits au chocolat (mes préférés), du fromage, des petits pains, des pommes de terre, du lait, du jus d'orange et plein d'autres choses. Miam. Il avait même pris des assiettes, des tasses et des ustensiles.

Nous étions affamés, mais, bien sûr, Vicky le tyran nous a d'abord fait balayer la cave pour chasser les araignées, et étaler nos sacs de couchage sur des buissons pour en faire sortir les insectes.

Nous avons rendu la grotte très confortable. Daniel et Jamie ont tiré le tapis dehors et nous en avons attrapé chacun un coin avant de le secouer de haut en bas et de le taper avec nos mains. Un gros nuage de poussière en est sorti et nous a fait tousser et éternuer. Quand il n'y a plus eu de poussière à faire sortir, nous l'avons étalé de nouveau sur le sol de la grotte. Nous avons posé la nourriture et tout ce que Daniel avait apporté sur la petite étagère. Il y avait assez de place pour poser aussi mon petit pingouin, mon Furby, mes poupées Barbie chauves, mon bébé Emma aux yeux arrachés et ma lampe disco. J'étais contente d'avoir apporté ma lampe, même s'il n'y avait aucune prise électrique pour la brancher. La lampe de poche de Vicky ne marchait plus, mais Jamie m'a permis d'emprunter la sienne pour éclairer ma lampe disco par l'arrière. J'ai cueilli quelques fleurs roses et je les ai mises dans un verre d'eau que j'ai aussi placé sur l'étagère. Près des fleurs, j'ai posé la photo de nous. Ensuite, j'ai donné un bain à mon bébé Emma dans le ruisseau, et je l'ai installée sur un buisson, dehors, près de l'entrée de la grotte, pour la faire sécher au soleil.

Nous avons mangé du pâté à la viande et des bananes pour déjeuner. Vicky a dit que ce n'était pas vraiment le déjeuner, parce qu'il devait être presque l'heure du dîner. Après avoir fini de manger tout ça, nous avions encore faim, alors nous avons mangé les biscuits au chocolat, aussi.

— C'est meilleur que les dîners de l'école, a dit Jamie en faisant un énorme rot, comme d'habitude.

Vicky l'a grondé parce que c'était dégoûtant, mais, à ce moment précis, Daniel a fait un rot encore plus gros. Jamie a eu l'air impressionné. Personne n'était capable de faire des rots plus gros que lui. Pas même Olivier Stevens.

Mais Vicky n'a pas grondé Daniel. Elle n'a rien dit du tout.

– Tu n'as pas grondé Daniel, ai-je remarqué, mais elle ne m'a pas écoutée.

Elle souriait à Daniel, comme si je n'étais pas là.

– Vicky, tu n'as pas grondé Daniel. Tu dois le gronder aussi, sinon ce n'est pas juste pour Jamie.

Elle m'a fait une grimace et de gros yeux.

– Pourquoi tu me regardes comme ça ?

Elle ne m'a toujours pas répondu et a serré les dents.

– Jamie, pourquoi est-ce que Vicky me fait des grimaces ?

Jamie a haussé les épaules.

– Elle essaie peut-être de faire un rot, mais il s'est coincé en chemin.

Il s'est mis à rire. Daniel a regardé Vicky. Elle a arrêté de faire des grimaces et a baissé les yeux.

– Dans certains pays, c'est très malpoli de ne pas faire de rot, a-t-il expliqué rapidement. Ça veut dire qu'on a trouvé que le repas n'était pas bon.

J'ai essayé de roter aussi, mais j'ai seulement réussi à faire un drôle de bruit. Tout le monde a ri et Jamie a dit que ça ressemblait à une grenouille qui avait mal à la gorge.

— Elle est comment, ton école? ai-je demandé à Daniel.

Pendant un moment, il n'a rien répondu, puis il a pris un bout de bâton et a donné de petits coups par terre.

— Je ne vais plus à l'école, a-t-il expliqué très doucement.

— Tout le monde va à l'école, ai-je rétorqué.

— Pas moi.

— Et qu'est-ce qui fait que tu es si spécial? lui a demandé Jamie de sa voix qui voulait dire «attention, ou je te donne une raclée».

— Mes parents me font l'école à la maison. On n'est pas obligés d'aller à l'école.

— Pff! a répliqué Jamie.

Japou s'est avancé vers Daniel et lui a poussé la jambe du museau. Daniel s'est levé.

— J'emmène Max se promener près du lac, a-t-il dit sans nous regarder.

Chapitre 26

Il n'y avait personne autour du lac. C'est ce que j'aimais tellement, quand nous venions rendre visite à grand-tante Irène : on ne croisait presque personne, on voyait quelques bateaux passer lentement et, une fois de temps en temps, un randonneur débraillé et un peu perdu, parce qu'il s'était éloigné des sentiers habituels. La plupart des gens restaient sur la rive opposée, là où la route longeait le lac et continuait jusqu'à la ville.

Ce jour-là, tout était calme et le soleil brillait, il n'y avait pas de vent pour agiter l'eau sombre. À environ trente mètres de la rive, au milieu du lac, l'île se dressait, couverte de verdure.

Pauvre grand-tante Irène. Je n'arrivais pas à croire que nous ne la verrions plus jamais. Son vieux canot était renversé sur la rive. Il était déjà en mauvais état quelques années plus tôt, mais, maintenant, il avait l'air terriblement abîmé et délabré, avec sa peinture qui s'écaillait et son nom, *Guenièvre*, à moitié effacé.

— Regarde, Vicky ! m'a crié Rhianna en se laissant tomber sur sa coque renversée. Maman s'asseyait là, près du canot, pour nous regarder jouer, tu t'en souviens ?

— Ouais. Fais attention de ne pas tomber.

— Je ne vais pas tomber. Arrête de t'en faire.

Je me suis mordu la lèvre. C'était plus facile de s'en faire que de se rappeler. Jamie regardait Daniel lancer un bâton à Japou d'un air envieux. Le chien s'est jeté dans le lac avec enthousiasme, dans un tourbillon d'écume, puis est revenu en nageant avec le bâton dans la bouche. On ne voyait que sa tête. Il l'a posé aux pieds de Daniel, s'est secoué en envoyant des gouttelettes arc-en-ciel dans tous les sens, puis l'a regardé d'un air entendu comme pour lui dire : « Bon, dépêche-toi, lance-le de nouveau ! »

Il faisait vraiment très chaud. Je me suis assise sur le canot retourné, près de Nana, et nous avons enlevé nos chaussures et nos bas. Nos pieds étaient si sales qu'ils étaient noirs, et les miens étaient couverts d'ampoules.

Précautionneusement, nous avons avancé sur l'herbe et les cailloux pour atteindre l'eau. J'ai glissé un orteil dans le lac et l'ai retiré brusquement en suffoquant, mais Nana n'allait pas se laisser arrêter par la température de l'eau, fût-elle glacée.

— Allez, Vicky, viens, ne fais pas ta plouftine ! Elle est super bonne !

— Elle est gelée ! ai-je glapi.

Mais Rhianna s'en moquait. Elle était déjà en train de barboter joyeusement.

— Vicky, viens jouer aux monstres aux grands pieds !

J'ai tourné la tête vers Daniel, qui était en train de nous observer. J'aurais voulu mourir, tellement j'étais gênée. Nous avions inventé le jeu des monstres aux grands pieds quand maman était encore vivante, et nous y jouions dans notre pataugeoire.

En gros, le jeu consistait à entrer puis à sortir de l'eau en tapant du pied, les bras écartés, et à faire des bruits idiots. Il durait de cinq minutes à une heure, selon l'entrain que Nana y mettait. Je l'ai regardée. Elle était déjà bien concentrée dans son rôle, en position de sumo, titubant et se balançant d'un pied à l'autre en grognant.

— Grrrrrrroar !

J'ai soupiré. Il semblait bien que la partie de monstres aux grands pieds s'éterniserait...

Tout à coup, Jamie est passé devant nous en courant. Il avait enlevé son t-shirt, ses bas et ses chaussures et avait roulé les jambes de son pantalon. Dans un grand cri de joie, il s'est lancé dans l'eau, puis s'est retourné vers nous et s'est mis à nous éclabousser. Nana a crié et a essayé de s'éloigner de lui.

— Jamie, arrête ! ai-je fait, irritée. Les parents de Daniel pourraient t'entendre !

— Ils sont sortis, a dit Daniel, avant d'appeler Japou qui pataugeait toujours.

— Je croyais qu'ils devaient te faire l'école à la maison, s'est moqué Jamie en se préparant à nous éclabousser de plus belle.

— Tais-toi, Jamie, lui ai-je ordonné en jetant un coup d'œil à Daniel, qui le fixait froidement.

— Toi, tais-toi ! m'a-t-il répondu en nous aspergeant encore plus fort, Nana et moi.

J'en avais assez, je ne voyais plus pourquoi j'aurais dû me soucier de ce que Daniel pensait de moi, après les monstres aux grands pieds de Nana et Jamie qui m'avait mouillée des pieds à la tête.

— Très bien, puisque c'est comme ça, tu l'auras voulu !

De mes deux mains en coupe, j'ai pris le plus d'eau possible et je l'ai aspergé.

— Attrape-le, Nana ! ai-je crié.

La guerre était déclarée.

Cinq minutes plus tard, nous étions tous les trois trempés. Rhianna et Jamie ont continué leur bataille, criant et hurlant et se pourchassant en courant en rond comme deux petits chiens. Je suis sortie du lac lentement en traînant les pieds dans l'eau et me suis laissée tomber au sol près de Daniel. Japou était allongé à côté de lui et mâchonnait vigoureusement son bâton. Son poil mouillé sentait très fort.

— Je n'ai même pas de serviette, ai-je dit avec un petit rire gêné.

Daniel m'a ignorée et a continué à fixer le lac.

— Nana est...

Je voulais lui expliquer pourquoi ma sœur se comportait ainsi. J'ai cherché mes mots.

— Elle est juste un peu immature pour son âge. Elle ne comprend pas tout.

— Elle est sympa.

— Parfois. D'autres fois, moins.

— On ne choisit pas sa famille. Seulement ses amis.

Il regardait Jamie d'un air mauvais.

— Jamie ne fait pas exprès d'être méchant, je t'assure.

— C'est difficile à croire.

— Il est juste en colère. C'est tout. Il se venge sur les autres.

Nous sommes restés en silence un moment. Puis Daniel m'a regardée, l'air penaud.

— Moi aussi.

Nous avons échangé un petit sourire. La glace était brisée.

Sur la surface scintillante du lac, deux cygnes blancs plongeaient leur bec noir et orange dans l'eau, avant d'incliner leurs longs cous gracieux pour se lisser les plumes.

— C'est vraiment super, ici, n'est-ce pas ? ai-je déclaré.

J'ai commencé à parler à Daniel du parc où Rosie et moi allions traîner, parfois, après les cours. Rosie disait que c'était une oasis de tranquillité, mais il fallait connaître son humour pour bien saisir la remarque. Les caractéristiques les plus intéressantes de ce parc comprenaient des balançoires cassées entourées d'une corde pour qu'on ne puisse pas les utiliser, mais qui n'étaient jamais réparées, une vieille poussette rouillée qui flottait dans le bassin artificiel et des graffitis colorés sur les murs des toilettes. J'ai regardé de nouveau le lac, sur lequel l'un des cygnes était en train d'étirer ses ailes avant de les agiter élégamment. Aucune comparaison n'était possible.

— Ils ont fait leur nid sur l'île, l'année dernière, a dit Daniel. Et l'année d'avant.

— J'imagine qu'ils savent reconnaître un endroit agréable... Comme ta grotte.

Daniel a souri.

— Ma grotte n'est pas aussi confortable qu'une maison, quand même.

Cette fois, c'était mon tour de me refermer comme une huître. Daniel m'a dévisagée et ses yeux brun foncé sont devenus tout doux, pleins de gentillesse. J'ai bougé les pieds, un peu gênée par son regard insistant.

— Nous étions dans des foyers d'accueil, ai-je expliqué. Ce n'est pas tout à fait un chez-soi.

— J'imagine que non...

— Notre mère est morte.

— Je suis désolé.

— Non, non !

J'ai ri doucement, pour lui montrer que ce n'était pas grave.

— Elle est morte il y a longtemps.

J'ai essayé de me rappeler le visage de maman, mais on aurait dit que ses traits s'effaçaient au fur et à mesure que j'essayais de m'en souvenir. Choquée, je me suis concentrée davantage, mais j'ai seulement réussi à me rappeler la forme de son corps affaibli, enroulé dans des couvertures et installé dans une position étrange sur une chaise de jardin près du *Guenièvre*, où elle pouvait s'assoupir en faisant semblant de nous regarder jouer.

— Ça va ? m'a demandé Daniel.

— Bien sûr, lui ai-je répondu en me forçant à sourire. Alors... Est-ce que c'est agréable, de suivre ses cours à la maison, avec ses parents ?

Il a haussé les épaules.

— C'est pas mal. Mais je ne peux plus utiliser l'excuse du chien qui aurait mangé mon devoir...

J'ai ri un peu trop fort, un peu trop longtemps. Daniel m'a regardée. J'avais besoin que les choses continuent à sembler normales.

— Mais tu n'es pas censé être « en classe », en ce moment, en fait ?

— Mes parents se sont lancés dans un projet de décoration, alors je suis supposé travailler sur mon projet de recherche.

— Quel projet ?

— Un projet d'astronomie.

— Oh ! Je suis Poissons, au fait.

— Ça, c'est de l'astrologie...

— Je plaisantais.

— Moi, je suis Scorpion. Méchant, sombre et brutal quand on me dérange.

— Vraiment ?

— Non. Je suis une mauviette.

— Tu n'as pas l'air d'être une mauviette. Et je t'assure que j'en connais, des mauviettes.

— C'est gentil. Mais tu peux me croire. Je ne suis qu'une pauvre mauviette.

Sa voix était devenue toute nerveuse, d'un coup. Ce n'était plus une blague, il était terriblement sérieux. Il s'est rendu compte du changement et a ri un peu.

— Désolé. Je t'avais dit que j'étais méchant et sombre. Et ton père, alors ?

Mon père était bien le dernier sujet que j'avais envie d'aborder. J'ai commencé à raconter mon mensonge habituel sur mon père parti travailler à l'étranger. Daniel continuait à me dévisager, et je me sentais rougir de plus en plus. Je savais qu'il ne me croyait pas.

— Si mes enfants avaient besoin de moi, je rentrerais immédiatement, m'a-t-il soufflé.

— Eh bien, peut-être que mon père ne se soucie pas de nous, lui ai-je rétorqué, avec un peu trop d'émotion dans la voix.

— Donc, vous cherchez à vous éloigner de lui aussi ?

Il y a eu un silence inconfortable. Daniel regardait Nana et Jamie jouer dans le lac. J'ai senti la colère monter en moi. Mais pour qui se prenait-il ?

— Il est en prison, si tu veux tout savoir !

En prononçant ces mots, je me suis sentie soulagée. J'avais l'impression qu'on venait de m'enlever un grand poids des épaules. Et, tout à coup, sans pouvoir m'en empêcher, j'ai commencé à tout lui raconter. Je lui ai parlé des problèmes d'alcool de mon père et des livraisons particulières de monsieur Crapet.

Et je me suis mise à lui raconter comment papa s'était fait arrêter. Je n'en avais jamais parlé à personne, auparavant. Ça s'était passé quelques semaines après qu'on nous eut placés dans des foyers. J'avais remarqué que, quand il venait nous rendre visite, il était de plus en plus débraillé, sale et mal habillé. On aurait dit qu'il avait abandonné tout espoir. La dernière fois que je l'ai vu, il avait bu. Beaucoup. Son haleine sentait l'alcool, il bafouillait et il n'arrêtait pas de répéter ce qu'il venait juste de dire. Et il n'est pas revenu. Une semaine plus tard, madame Frank a réussi à trouver une minute dans son emploi du temps surchargé pour me passer un coup de fil. Des policiers avaient arrêté papa sur l'autoroute. Il zigzaguait d'une voie à l'autre, alors ils lui avaient fait passer un alcootest. Papa avait beaucoup trop bu. Quand ils avaient examiné le camion, les policiers avaient découvert qu'il était plein de télévisions volées. En un mot, il avait été arrêté, il y avait eu un procès et on l'avait envoyé en prison.

Jamie et Nana sont sortis de l'eau en courant et, tout à coup, je me suis tue. Daniel n'a rien dit, mais il a remarqué que j'avais arrêté de parler. Peu de choses lui échappaient.

— Nous allons nager jusqu'à l'île, m'a dit Jamie. Tu viens ?

— Jamie, soyez prudents...

— Vicky, arrête de faire ta poule mouillée. Ce n'est pas parce que tu ne sais pas nager..., m'a taquinée Jamie.

— Bien sûr que je sais nager... un peu.

J'ai regardé Daniel et me suis sentie rougir de nouveau.

— Je vais rester ici avec toi, m'a-t-il dit.

— Toi non plus, tu ne sais pas nager ? a lancé Nana abruptement.

— Oui, je sais nager, a répondu Daniel d'une voix qui était redevenue froide. Je n'en ai pas envie, c'est tout.

— Moi, je suis sûr qu'en fait tu ne sais pas nager, l'a nargué Jamie.

— Jamie ! lui ai-je lancé en jetant un coup d'œil à Daniel.

Daniel fixait Jamie d'un regard furieux. Une lueur froide est passée dans ses yeux. « Méchant, sombre et brutal quand on me dérange... »

— Je parie que tu as peur, comme Vicky, a fait Jamie, avant de se mettre à caqueter comme une poule. Je parie que tu fais comme elle, tu dis que tu sais nager, mais, en fait, tu ne le sais pas du tout.

— OK, je vais te le prouver, a dit Daniel en enlevant ses chaussures.

Il a enlevé son t-shirt et est resté là, debout devant nous. J'ai réussi à retenir un cri de surprise. Presque toute sa poitrine et son ventre étaient recouverts d'une affreuse tache violet foncé. Sa peau avait l'air fragile et à vif.

— Allez, viens, a dit Daniel à Jamie en le regardant froidement. On fait la course jusqu'à l'île, et on revient ici.

J'ai jeté un coup d'œil à Jamie. Il gigotait et essayait de s'empêcher de lorgner la poitrine de Daniel, mais sans succès. Nana le fixait sans gêne, la bouche ouverte. Daniel a fait demi-tour et s'est dirigé vers le lac.

— C'est bon, a-t-il lancé d'un ton brusque, ce n'est pas contagieux !

Chapitre 27

Daniel nageait beaucoup mieux que Jamie. Il l'a battu de très loin. Moi aussi, il m'a battue, mais à peine. Vicky se tenait sur la rive du lac, mais elle ne nous a pas encouragés. Quand nous sommes sortis de l'eau, elle nous a donné le t-shirt de Jamie pour qu'on se sèche. Ensuite, nous nous sommes tous assis sur la coque du canot et nous avons regardé l'île en mangeant du fromage. J'en ai mangé trois morceaux, mais j'avais encore faim. Jamie ne parlait pas. Personne ne parlait. Je commençais à vraiment m'ennuyer, à rester assise comme ça sans parler, alors j'ai pensé qu'il fallait peut-être que je dise quelque chose.

— Daniel, c'est quoi, cette grosse tache violette sur ton ventre?

Vicky a fait une drôle de grimace et m'a dit:

— Nana!

Mais je voulais vraiment savoir.

— Est-ce que c'est comme une tache d'encre, ça s'en va si on frotte?

— Non.

— Mais qu'est-ce que c'est, alors?

— Quand j'avais neuf ans, je me suis renversé une casserole d'eau bouillante sur la poitrine.

— Est-ce que ça fait encore mal? lui ai-je demandé.

— Seulement là-dedans, m'a-t-il répondu en pointant sa tête du doigt.

Je n'ai pas compris ce qu'il voulait dire.

— Pourquoi?

— Nana, arrête! m'a fait Vicky en descendant du canot.

— Pourquoi, Daniel?

— À l'école, on m'appelait «la peste». Une fille a refusé d'entrer dans la piscine quand j'y étais, et ses parents ont déposé une plainte.

— Tu aurais dû lui donner une raclée, a suggéré Jamie.

Daniel l'a ignoré.

— C'est pour ça que tu ne vas plus à l'école? lui a demandé Vicky.

– À ton avis?

Il s'est dépêché de remettre son t-shirt, même s'il était encore mouillé.

– Quand on ne sait pas comment réagir, on s'enfuit, a-t-il dit en fixant Vicky, qui est devenue toute rouge.

– Et tes amis? a dit Jamie.

– Quels amis? J'étais différent. Vous savez bien que personne n'aime les gens différents.

Il s'est levé.

– Et j'ai été stupide de croire que vous ne réagiriez pas de la même façon.

J'ai pensé à mon amie Maxine. Je ne connaissais personne comme elle.

– Moi, j'aime les gens différents, ai-je conclu en prenant le dernier morceau de fromage et en me le fourrant dans la bouche.

Mais Daniel ne m'écoutait pas. Il avait déjà ramassé son cardigan et il s'éloignait dans les bois, avec Japou.

Chapitre 28

Nous ne sommes pas restés longtemps au bord du lac. Le soleil avait disparu derrière des nuages et il faisait un peu froid. Jamie en avait assez de nager et Nana n'arrêtait pas de demander pourquoi Daniel ne nous aimait plus. Pour finir, quand nous avons été plus ou moins secs, nous sommes repartis en silence à travers les bois. Rhianna se serrait contre moi et faisait un bond chaque fois qu'elle entendait un bruit.

— Il n'y a aucune raison d'avoir peur, Nana.

— T'en sais rien, m'a-t-elle répondu en regardant nerveusement autour d'elle.

Nous n'avions pas dû prendre le bon chemin, parce que nous nous sommes retrouvés près d'une petite route. Jamie a repéré quelque chose, sur le bord de la chaussée, et il a insisté pour aller voir ce que c'était.

— On ferait mieux de ne pas y aller, lui ai-je répondu en jetant un coup d'œil derrière nous, quelqu'un pourrait nous voir.

— Ne dis pas de bêtises, Vicky, il n'y a personne, par ici.

Et il s'est mis à courir sans que je puisse l'arrêter.

C'était un lapin. J'ai cru qu'il était mort, parce qu'il ne bougeait pas, mais, en le regardant de plus près, nous l'avons vu trembler légèrement. Il nous fixait de ses yeux grands ouverts.

— Il a dû se faire frapper par une voiture, a dit Jamie.

Nana a caressé sa douce fourrure grise. Le lapin a à peine réagi.

— On va l'emmener dans notre grotte et s'occuper de lui, a suggéré Nana en le soulevant lentement du sol.

J'ai regardé le petit tas de fourrure, dans les grosses mains maladroites de Nana. Les choses ne s'annonçaient pas très bien, pour le pauvre lapin.

— S'il te plaît, Vicky.

— Je ne sais pas...

Jamie a froncé ses gros sourcils sombres, l'air mécontent.

— Tu crois que tu aimerais qu'on te laisse sur la route, comme ça ? m'a-t-il lancé. Il pourrait se faire écraser.

— Non, tu n'aimerais pas ça, Vicky, a ajouté Nana.

Ils étaient deux contre moi.

— Bon, d'accord, ai-je fait.

Tout à coup, j'ai entendu le bruit sourd d'un moteur, plus loin sur la route. Et ça se rapprochait.

— Quelqu'un arrive ! ai-je soufflé.

Nous nous sommes précipités derrière la haie et un vieil autobus scolaire fatigué a tourné le coin et s'est arrêté à environ dix mètres de nous. Des enfants se bagarraient sur les sièges arrière, mais personne ne nous a vus. Les portes se sont ouvertes et nous avons entendu le tapage, à l'intérieur. Un garçon d'environ quinze ans à la tête rasée a dégringolé les marches du bus, suivi par une fille au visage pâle dont les yeux noirs brillaient. Au moment où les portes se refermaient, la fille a hurlé une grossièreté au chauffeur du bus. Le garçon s'est mis à rire et ils se sont éloignés tranquillement, en se donnant mutuellement de grands coups avec leur sac d'école, poussant des cris de joie quand ils réussissaient à se toucher l'un l'autre.

Nous avons attendu qu'ils disparaissent, puis nous sommes repartis dans les bois.

— Il n'y a personne ici, hein, Jamie ? ai-je dit.

Il y avait un petit village, à environ un kilomètre et demi de chez grand-tante Irène. Cette route y menait sans doute. Nous étions allés au village à pied avec papa et grand-tante Irène, un jour, mais maman était restée à la maison, parce qu'elle était trop fatiguée. Dans le petit magasin du village, nous avions acheté des bonbons et envoyé des cartes postales à nos amis. Il était tenu par une dame au tablier fleuri et il contenait tous les articles possibles et imaginables. C'était la caverne d'Ali Baba, on ne savait jamais ce qu'on allait trouver dans les recoins poussiéreux. Sur l'une des tablettes, à l'arrière, entre des pelotes de laine aux couleurs fluo et une caisse d'outils de jardinage, il y avait une rangée de grands bocaux en verre qui contenaient toutes sortes de bonbons que nous n'avions jamais vus auparavant. Nous avions chacun eu le droit de remplir un petit sac en papier de bonbons de toutes les formes et de toutes les couleurs, couverts de sucre piquant ou de poudre acidulée, à sucer, à mâcher ou qui collaient aux dents. J'aurais tout donné pour avoir un petit sac de ces bonbons, maintenant.

Nous avons retrouvé notre chemin et sommes rentrés à la grotte. Jamie a pris la vieille boîte à biscuits en métal sur la tablette et en a enlevé le couvercle. Il a recouvert le fond de la boîte avec son vieux t-shirt, puis a doucement retiré le lapin des mains de Nana et l'a posé à l'intérieur. Il a pris sa bouteille d'eau et en a versé un peu sur le bout de son doigt, qu'il a avancé devant la gueule du lapin. Le lapin n'a pas bougé. Il est resté allongé dans la boîte en métal, à regarder droit devant, sans pouvoir rien faire.

— Est-ce que je peux le reprendre ? a demandé Nana.

Jamie lui a passé la boîte en métal. Elle est restée assise, fascinée par le lapin qu'elle tenait sur ses genoux. Elle n'osait pas bouger, de peur de l'effrayer.

J'ai vérifié la nourriture qu'il nous restait. Nous n'avions plus que du jus d'orange et quelques pommes de terre.

— Nous pourrions les faire cuire sur un feu de camp, a proposé Jamie, plein d'espoir.

— Nous n'avons pas d'allumettes, lui ai-je répondu.

— On n'a pas besoin d'allumettes ! m'a rétorqué Jamie en attrapant son livre de camping posé sur la tablette.

L'auteur du livre était un homme appelé François Trémaine. Sur la photo de la couverture, il avait une grosse barbe et un chapeau de brousse avec une grande plume. Il avait l'air d'un dur à cuire, sauf qu'il portait des chaussettes blanches dans ses sandales. Jamie a feuilleté le livre pour trouver le passage sur les feux de camp. Il s'est concentré et s'est mis à lire. Environ dix minutes plus tard, il a relevé la tête, furieux.

— Imbécile de livre ! a-t-il murmuré en le lançant dans la grotte.

Il est sorti en tapant des pieds et en marmonnant des jurons.

— Qu'est-ce qui se passe ? a demandé Nana.

J'ai ramassé le livre et j'ai tourné les pages qu'il venait de lire. Pendant une page entière, on expliquait comment découper un carré de gazon dans le sol, et six graphiques détaillés montraient différentes façons de disposer les brindilles et le bois d'allumage. Puis venait la phrase critique.

> *Approchez l'allumette du bois d'allumage et laissez-le brûler à moitié avant de le glisser sous les brindilles.*

J'ai continué à tourner les pages, cherchant un passage qui expliquerait comment allumer un feu sans allumettes. Rien.

— On n'a pas d'allumettes, stupide bonhomme barbu ! ai-je crié à la photo sur la couverture.

— J'ai faim, Vicky, s'est plainte Nana en caressant le lapin. Et je voudrais aller voir Daniel.

— Viens, lui ai-je dit. On va aller le voir et essayer de se réconcilier avec lui.

Au départ, Jamie ne voulait pas venir avec nous, mais, quand il nous a vues partir, il nous a suivies. Nous avons remonté le sentier qui menait chez Daniel et l'avons aperçu dehors, dans le jardin, en train de brosser le poil de Japou.

Nana et moi avons échangé un sourire. Daniel avait la tête baissée et il ne nous avait pas encore vus. Nous étions sur le point d'escalader la clôture quand la porte de la maison s'est ouverte. J'ai tiré Nana vers l'arrière et nous nous sommes tous cachés derrière la clôture. La mère de Daniel est apparue et lui a dit quelque chose. Il a hoché la tête, a donné un dernier coup de brosse à Japou, puis est entré dans la maison.

— Qu'est-ce qu'on fait, maintenant ? m'a demandé Nana.

J'ai haussé les épaules et ne lui ai pas répondu.

Nous n'avons pas eu à nous poser la question bien longtemps. Quelques minutes plus tard, la porte de derrière s'est ouverte de nouveau et Daniel est sorti, suivi de ses parents. Son père avait un gros sac très rempli sur l'épaule et Daniel portait un sac à dos. Sa mère a fermé la porte à clé.

— Est-ce qu'ils s'en vont ? a demandé Nana.

— Je ne sais pas.

Daniel a appelé Japou et ils ont tous disparu au coin de la maison. Nous avons entendu des portes de voiture claquer, puis le moteur qui démarrait.

Nous avons aperçu la voiture rouge qui s'éloignait sur la petite route. Et c'est là que je me suis enfin rendu compte de la gravité de notre situation. Daniel était essentiel à notre survie. Sans lui, nous étions coincés.

Chapitre 29

En rentrant à la grotte, Vicky a dit que nous n'avions rien pour souper. Jamie voulait manger les pommes de terre sans les faire cuire, mais Vicky a dit que les pommes de terre crues étaient toxiques. Jamie n'a pas voulu la croire et en a croqué une pendant qu'elle ne regardait pas. En mâchant, il a fait une drôle de grimace, puis il a recraché le morceau par terre.

— Allons au magasin acheter quelques trucs, a proposé Jamie.

— Ouais, allons-y ! ai-je dit, toute contente.

Mais, comme d'habitude, Vicky a fait sa casse-pied.

— Pas question. On ne peut pas prendre ce risque. On nous cherche. Si nous allons tous au magasin, c'est fini, on va nous reconnaître.

– On pourrait se déguiser, comme ça personne ne saurait que c'est nous, ai-je proposé.

– Se déguiser en quoi? Les trois petits cochons? s'est moqué Jamie.

– Jamie, tu as un déguisement de Spider-Man.

– À la maison. Et il est trop petit, maintenant, a-t-il répondu.

– Pas question qu'on se déguise, Nana, a rétorqué Vicky. Déjà, on n'a pas de déguisements; ensuite, on aurait l'air vraiment stupides; et, pour finir, on se ferait repérer immédiatement.

– Eh bien, moi, je trouve que c'est un bon plan.

– Fais-moi confiance, ce n'est pas un bon plan! m'a répliqué Vicky en sortant de la grotte.

Jamie s'est tourné vers moi.

– Viens, Nana. J'ai une idée, m'a-t-il chuchoté. On va aller chercher des baies et des racines.

– Pour quoi faire?

– Pour les manger, évidemment. C'est ce qu'ils font toujours, dans les histoires de survie et d'aventures.

– Ah bon, d'accord, lui ai-je répondu.

– Mais ne le dis pas à Vicky.

– Pourquoi?

– Parce qu'elle va nous en empêcher, tu la connais.

– Oui, elle s'en fait toujours.

– De toute façon, elle ne saurait pas reconnaître une racine même si elle lui poussait dans le nez, a dit Jamie en ricanant.

J'ai délicatement posé la boîte en métal dans un coin de la grotte. J'ai tiré sur le t-shirt de Jamie et j'ai couvert le lapin pour qu'il n'ait pas froid, puis j'ai posé mon petit pingouin près de lui pour qu'il ne se sente pas seul, et nous sommes sortis. Vicky était assise dehors. Elle nous a demandé où nous allions.

– Nulle part, a répondu Jamie.

– Ne vous éloignez pas trop.

– Mais non...

– Il va bientôt faire nuit, restez bien ensemble !

Nous avons suivi le ruisseau pendant un moment, puis nous avons commencé à chercher des baies. Je ne sais pas où elles étaient toutes, mais nous n'en avons pas trouvé une seule. Nous étions sur le point d'abandonner quand j'en ai aperçu quelques-unes, toutes vertes. Jamie a dit que c'étaient des mûres pas mûres. Comme nous n'avons pas trouvé d'autres baies, j'ai dit à Jamie que nous ferions mieux de trouver des racines. Jamie a dit que c'était une bonne idée et il s'est mis à creuser le sol avec ses mains. Elles sont devenues toutes sales à cause de la boue, mais il a continué. Il a creusé un trou, puis un autre, et encore un autre, et ainsi de suite. Il a fini par arracher quelque chose de la terre. On aurait dit un gros ver poilu.

– Je ne veux pas manger des vers, Jamie, lui ai-je dit.

Un jour, quelqu'un a lancé un défi à Olivier Stevens, alors Olivier a mangé un ver, et ensuite il a vomi sur les nouvelles chaussures de Charlène Jackson. Elles avaient des petits trous, ses chaussures, alors Charlène a eu du vomi partout sur les orteils. Rien que d'y penser, ça me donnait mal au cœur.

– Ce n'est pas un ver, c'est une racine.

– Oh.

Il a approché son nez de la racine et l'a reniflée.

– Qu'est-ce que ça sent ? lui ai-je demandé.

Jamie a haussé les épaules et me l'a mise sous le nez.

– Beurk ! Ça sent le ver de terre !

– Ce n'est pas un ver, tu m'entends, ce n'est pas un ver ! C'est une saleté de racine !

Je l'ai regardé renifler la racine de nouveau. Il a fait une grimace, puis l'a jetée par terre.

– Tu vas la manger ? l'ai-je questionné.

– Non.

J'étais contente d'apprendre ça, parce que c'est horrible, de vomir. Surtout si des bouts de ver nous ressortent par le nez.

– On va plutôt rassembler des feuilles.

Jamie a arraché quelques feuilles à un arbre et nous en avons grignoté une, mais c'était dégoûtant, alors nous l'avons recrachée. Il commençait à faire nuit et Jamie était fâché.

– Si on pouvait faire un feu, on pourrait se faire cuire un cochon sauvage, au moins ! a-t-il dit.

– On le trouverait où, ce cochon sauvage ? lui ai-je demandé.

– Je ne sais pas… Ici, dans les bois…

– Mais on n'arrive même pas à trouver des baies.

– Nana, tais-toi !

– Mais j'ai faim ! lui ai-je rétorqué.

– Moi aussi !

– Tu as dit qu'on allait trouver des choses à manger. Tu as dit…

– Tais-toi ! m'a-t-il hurlé, vraiment très fâché.

– Mais…

– Tais-toi, tais-toi, tais-toi, ou bien… je fais cuire ton stupide lapin !

Je l'ai regardé.

– Tu ne peux pas faire ça !

– Hmm, du bon ragoût de lapin !

Il a éclaté d'un rire très méchant et s'est retourné pour partir. Je l'ai dépassé en le bousculant et me suis mise à courir. Il fallait que j'arrive à la grotte avant lui, pour l'empêcher de faire du mal à Roger.

Chapitre 30

Il commençait à faire nuit quand Jamie est rentré. J'étais furieuse.

— Je vous avais dit de ne pas vous éloigner ! Mais où étiez-vous ? Et où est Nana ?

Jamie a haussé les épaules.

— Elle est partie en courant. Elle aurait dû arriver il y a une éternité.

— Tu l'as laissée partir toute seule ?

Il évitait mon regard. Je lui ai attrapé le bras, mais il s'est dégagé.

— Ce n'est quand même pas ma faute si elle s'est enfuie, hein ? a-t-il crié.

— Jamie, tu sais très bien qu'elle ne peut aller nulle part toute seule. Tu le sais ! On doit s'occuper d'elle, elle ne peut pas s'occuper d'elle-même.

Jamie avait l'air gêné. J'ai couru dans la grotte et j'ai attrapé la lampe de poche en jetant un coup d'œil au lapin. Il était encore recroquevillé dans la boîte en métal, près du petit pingouin en céramique. Il respirait difficilement et je voyais ses côtes se soulever légèrement. Il n'était pas nécessaire d'être vétérinaire pour savoir que les choses ne s'annonçaient pas très bien.

Devant la grotte, Jamie traçait des lignes dans la terre du bout de ses chaussures. Il avait l'air bouleversé.

— Je vais la chercher, lui ai-je dit.

— Je viens avec toi.

— Non, reste ici. Si elle réussit à revenir jusqu'à la grotte, elle va se demander où on est.

J'ai allumé la lampe de poche. Elle n'a lancé qu'un faible rayon, qui dessinait un petit cercle sur le sol. Jamie a fait la grimace.

— Il n'y a presque plus de pile. J'ai laissé Nana jouer avec.

Je me suis dépêchée de l'éteindre, parce que je risquais d'en avoir davantage besoin plus tard. J'ai jeté un coup d'œil autour de moi. Les bois avaient l'air différents, dans la lumière qui baissait, hostiles et peu accueillants. Je suis partie le long du ruisseau, regrettant un peu de ne pas avoir laissé Jamie m'accompagner.

Puis j'ai pensé à Nana et mon cœur s'est serré. Je n'aimais pas beaucoup le noir, mais, depuis la mort de maman, cela terrifiait Nana au plus haut point. Je devais la retrouver le plus vite possible.

J'ai parcouru les bois en l'appelant. Elle ne me répondait pas et je n'entendais que le bruissement des feuilles et les reniflements de ce que j'espérais être d'adorables petits animaux des bois. À une ou deux reprises, j'ai eu vraiment peur et me suis retournée, convaincue que quelqu'un ou quelque chose me suivait. Puis, dans le lointain, j'ai entendu le bruit de plusieurs motos. Je me suis dit que la route devait être plus proche que je ne le croyais, et j'ai voulu m'éloigner du bruit, mais celui-ci s'est plutôt rapproché. C'est là que j'ai vu Jamie, à une dizaine de mètres derrière moi. Il m'avait suivie. J'étais furieuse et m'apprêtais à le gronder, quand les lumières de deux phares ont traversé les bois, illuminant les arbres et les buissons. Fâchée, j'ai fait signe à Jamie de se cacher et nous nous sommes tous les deux baissés pour ne pas nous faire voir. Deux motos tout-terrain roulaient entre les arbres, leurs moteurs grondant quand elles escaladaient une pente, leurs freins grinçant dans les descentes. Je savais que Jamie serait impressionné, et j'espérais qu'il aurait assez de bon sens pour garder la tête baissée. Nous ne pouvions pas nous permettre de nous faire repérer. J'ai regardé les motocyclistes s'éloigner. L'un d'eux a fait un écart pour contourner un buisson, mais a mal évalué l'angle et a failli tomber de sa moto. Il a juré en essayant de retrouver son équilibre, avant de repartir en accélérant. Les bruits de moteur se sont éloignés et je suis sortie de ma cachette. Sans la lumière des phares, la forêt était sombre et effrayante. J'ai appelé Jamie doucement et il est sorti de l'ombre. Il était trempé.

— Tu n'as pas trouvé d'endroit plus sec où te cacher ? lui ai-je demandé d'une voix fâchée.

— Ce n'est pas ma faute... J'ai glissé, m'a-t-il répondu.

Il grelottait et claquait des dents.

— Je t'avais dit de rester à la grotte.

— J'étais inquiet pour Nana. C'est à cause de moi qu'elle s'est enfuie.

Les larmes avaient tracé des rayures dans la saleté étalée sur son visage. Je me suis radoucie.

— Viens, on va la trouver.

J'ai allumé la lampe de poche. Elle n'a émis qu'un faible rayon, mais c'était tout ce qu'on avait.

Chapitre 31

Il faisait trop sombre. Et tout avait l'air différent. La grotte n'était plus là où elle était avant, alors je ne savais plus de quel côté aller. Je voulais être avec Vicky, mais j'avais peur de crier pour l'appeler au cas où *elles* m'entendraient. Vous savez de quoi je veux parler. Ces choses avec des grandes dents et des griffes, ces choses qui sortent de leurs cachettes quand on est tout seul et qui nous dévorent avant qu'on ait le temps de les voir. Les créatures de l'ombre. Je savais qu'elles m'attendaient. Qu'elles se cachaient. Elles aiment le noir. Elles veulent qu'on pense qu'elles ne sont pas là parce qu'on ne les voit pas. Mais moi, je savais bien qu'elles étaient là. Elles se dissimulaient derrière les arbres. Quand des branches tapotent à la fenêtre au milieu de la nuit, ce sont elles. Elles tapotaient à la fenêtre de maman, quand elle était à l'hôpital, mais je demandais toujours aux infirmières de laisser une lampe allumée toute la nuit. Peut-être qu'elles ont oublié, une nuit, et que c'est pour ça que maman n'était plus là, le lendemain. Peut-être que ce sont les créatures de l'ombre qui l'ont emportée.

Je ne voulais pas penser à ça, alors j'ai continué à marcher très silencieusement. Tout à coup, à travers les arbres, j'ai vu des lumières qui bougeaient, et il y a eu un grand bruit. Les monstres venaient me chercher ! Les lumières se sont approchées, et puis j'ai vu que ce n'était pas du tout des monstres, mais des gens sur des motos. Il était trop tard, je ne pouvais plus m'enfuir. Une des personnes a crié quelque chose en me pointant du doigt, puis elles se sont mises à tourner autour de moi, sur leurs motos, comme si elles jouaient à un jeu. Je n'aimais pas ça. Elles n'avaient pas de casques, alors j'ai vu leurs visages. C'était le garçon et la fille qui étaient descendus de l'autobus scolaire. Ils s'approchaient de plus en plus de moi. J'avais peur qu'ils me renversent.

Je leur ai dit d'arrêter, mais ils ne m'ont pas écoutée. La fille a regardé le garçon, puis elle a fait demi-tour, et, avec un sourire méchant, elle a commencé à me foncer dessus. J'ai fermé les yeux et j'ai senti la moto passer tout près de moi. Le garçon a fait la même chose. Le devant de sa moto a frôlé mes jambes et je suis tombée en arrière dans la boue. Ils se sont mis à rire. Je me suis levée et je suis partie en courant. Ils m'ont poursuivie pendant un moment, mais j'ai trébuché contre une racine d'arbre qui sortait du sol et je suis tombée par terre de nouveau. J'ai commencé à hurler, et à hurler, et à hurler, le plus fort possible. Ça m'était égal que les créatures de l'ombre m'entendent, maintenant.

Chapitre 32

Nous avons entendu les cris de Rhianna et l'avons retrouvée recroquevillée dans un petit fossé, contre des racines d'arbre. Elle pleurait sans pouvoir s'arrêter.

— Nana ! Tu vas bien ? lui ai-je demandé pendant que Jamie l'aidait à se relever.

— Je leur ai dit d'arrêter, mais ils ne voulaient pas m'écouter. Ils ont continué et continué !

Je l'ai entourée du bras et l'ai serrée fort, fort. Petit à petit, elle a arrêté de sangloter et ne faisait plus que hoqueter, une fois de temps en temps. Elle s'est calmée et nous l'avons aidée à enlever la boue de ses cheveux et de ses vêtements.

— Tout va bien, maintenant, ils sont partis. Bon, on rentre à la grotte. On est en sécurité, là-bas.

Nous avons entrepris de retourner sur nos pas, mais retrouver notre chemin était plus difficile que je ne le pensais et j'avais l'impression que nous tournions en rond. C'est surtout par chance que nous avons fini par trouver notre sentier. En voyant pour la deuxième fois un arbre qui était tombé, j'étais sur le point de me dire que j'abandonnais, quand j'ai aperçu un ruisseau. Croisant les doigts pour que ce soit bien le nôtre, nous l'avons suivi. Nous avions de la chance. Il nous a conduits directement à la grotte. Jamie s'est déshabillé en silence, puis s'est faufilé dans son sac de couchage.

— Je suis désolé, Vicky, m'a-t-il murmuré en se roulant en boule.

J'ai entendu un sanglot sortir de son sac de couchage et l'ai vu détourner son visage. Je me suis rappelé que, après tout, Jamie n'était qu'un enfant.

— Tout va bien. Ne t'en fais plus avec ça.

— Mais qu'est-ce qu'on va faire ? On n'a plus rien à manger. On a faim.

— Dors, maintenant. Tout aura l'air moins terrible demain matin.

J'ai vraiment très mal dormi, cette nuit-là. Je n'ai pas arrêté de rêver de nourriture. J'ai rêvé d'assiettes de purée avec des saucisses, de gâteau avec de la crème, de montagnes de biscuits avec des verres de lait, de plein de plats délicieux et appétissants qui se trouvaient toujours hors d'atteinte, posés de l'autre côté d'un ravin, suspendus au-dessus d'un fossé plein de serpents, ou encore gardés par une meute de loups féroces. J'étais sur le point de saisir une pointe de pizza toute garnie quand je me suis réveillée. Rhianna était en train de me secouer. J'ai regardé vers l'entrée de la grotte, et j'ai vu que c'était déjà le matin. Jamie aussi était réveillé, et les deux me fixaient comme si j'avais eu le pouvoir de faire apparaître un déjeuner complet rien qu'en secouant mon sac de couchage.

— Je suis affamée. Roger aussi est affamé.

Elle m'a mis le lapin sous le nez. Ses yeux étaient opaques et ses narines étaient couvertes de croûtes brunes. Il ne pensait sûrement pas une seule seconde à la nourriture. J'ai regardé Nana et Jamie qui me dévisageaient avec espoir, attendant que je fasse quelque chose. Mais qu'est-ce que je pouvais bien faire ? J'ai pensé à Daniel. Et s'il avait quitté sa maison pour plusieurs jours ? Lui et ses parents étaient chargés de sacs, et ils avaient emmené Japou. Et, même s'il était déjà rentré, Daniel était parti très fâché contre nous, la veille. Il ne voulait peut-être plus jamais nous voir... J'ai soupiré.

— D'accord, on va aller au magasin. Mais on va devoir être très, très prudents.

J'ai attrapé mon porte-monnaie. Avec espoir, je l'ai vidé sur mon sac de couchage. Mon cœur s'est serré. Nous avions exactement quatre-vingt-cinq cents. Au moins, nous allions pouvoir acheter des allumettes pour faire cuire les pommes de terre.

Nous sommes arrivés au village au moment où le magasin ouvrait. Nous nous sommes cachés derrière un bâtiment au toit de tôle ondulée et avons regardé la dame au tablier à fleurs entrer et sortir, transportant des caisses de fruits et de légumes qu'elle plaçait sur une étagère en pente, devant la vitrine. En travaillant, elle saluait les gens qui passaient et réussissait à continuer à parler à quelqu'un qui se trouvait à l'intérieur du magasin.

— Alain, ces carottes ne sont plus bonnes ! Bonjour, madame Gratton, le temps est couvert, aujourd'hui, n'est-ce pas ? Alain, apporte-moi des bananes, s'il te plaît. Mais bon, s'il pleut un peu, ce sera bon pour les cultures. Elles sont dans l'arrière-boutique ! Monsieur Gratton va bien ? C'est une maladie terrible, l'arthrite. Ma mère en a souffert affreusement. C'est vous qui avez tricoté ce cardigan ?

C'était maintenant ou jamais. Je me suis tournée vers Jamie et Nana.

— Attendez-moi là, leur ai-je dit.

— Je veux y aller avec toi ! m'a suppliée Nana.

— Non. Reste ici avec Jamie.

— S'il te plaît !

— Les gens cherchent trois enfants qui se sont enfuis. On a montré nos photos à la télé et dans les journaux. Je risque moins d'être reconnue si je suis toute seule.

— Et si tu te fais attraper ?

J'ai hésité avant de répondre et j'ai espéré qu'ils n'entendraient pas l'inquiétude dans ma voix.

— Je ne me ferai pas attraper. Surtout, restez cachés. Je reviens dans une minute.

J'ai lissé mes cheveux tout emmêlés, j'ai frotté une tache de boue séchée sur mes jeans, puis j'ai pris une grande inspiration et j'ai commencé à me diriger calmement vers le magasin. Je savais que je devais me comporter le plus normalement possible, mais j'avais l'impression qu'un marteau cognait contre ma poitrine et qu'on pouvait l'entendre à des kilomètres.

— Bonjour, ma grande...

— Bonjour, ai-je dit d'une voix tremblante.

J'ai ébauché un sourire maladroit, en essayant d'arrêter de trembler. Je suis passée rapidement devant la dame et suis entrée dans le magasin.

— Je suis à toi dans un instant, m'a-t-elle crié.

Le magasin était vide. Alain n'était nulle part. Près de la porte, il y avait un présentoir métallique chargé de miches de pain, de gâteaux et de tartelettes posées sur des napperons en papier. La plus petite des miches de pain coûtait un dollar et vingt-cinq sous. Je les regardais, affamée, et mon estomac s'est mis à gronder par compassion. L'odeur délicieuse du pain frais remplissait la pièce. J'ai regardé la croûte dorée qui n'attendait que d'être rompue pour révéler la mie blanche et tendre à l'intérieur, et je me suis mise à saliver.

J'ai jeté un regard dehors, et j'ai vu que la vendeuse me tournait le dos et était en train de bavarder avec animation. Je savais que ce que j'allais faire était vraiment mal, mais nous avions besoin de nourriture, pour survivre. Nous étions désespérés. J'ai tendu la main, j'ai attrapé le petit pain et je l'ai glissé sous mon bras. Sur la tablette du dessous, il y avait trois croissants au jambon. Je les ai pris aussi et les ai mis dans la poche de ma veste. Incapable de m'arrêter, j'ai pivoté et ai rempli mon autre poche de barres de chocolat. Puis j'ai fourré un paquet de biscuits et une boîte de jambon en conserve à l'intérieur de ma veste, en serrant mon bras sur mon ventre pour empêcher les choses de tomber. J'étais sur le point de prendre du fromage quand la dame est entrée, l'air débordé. Je me suis figée sur place, paniquée, et je me suis sentie rougir. Mon cœur a accéléré quand, en baissant les yeux, j'ai vu que tout ce que je venais de voler faisait des bosses dans mes pauvres vêtements.

— Alors, à nous deux. Tu veux seulement ce pain, ma grande ? m'a-t-elle demandé.

Elle n'avait rien remarqué. Je devais garder mon calme.

— Et, euh… une boîte d'allumettes, s'il vous plaît.

Elle s'est tournée un instant pour attraper les allumettes sur une tablette en hauteur. C'était ma chance. Je n'avais qu'à me mettre à courir pour sortir du magasin, et j'étais tirée d'affaire. Pendant quelques secondes, qui m'ont semblé une éternité, j'ai hésité, clouée sur place. Quand elle a pivoté sur elle-même, bloquant la porte du magasin, c'était trop tard. J'étais prise au piège.

— Tu es en vacances ici, ma grande? m'a-t-elle demandé gentiment en me tendant les allumettes.

J'ai hoché la tête sans répondre, terriblement consciente de mon allure débraillée et priant de toutes mes forces qu'elle ne remarque pas mes poches pleines à craquer. Le paquet de biscuits s'était déplacé le long de mes hanches et menaçait de glisser de ma veste à tout moment. J'ai essayé de le repousser avec mon coude.

La porte du magasin s'est ouverte. Quelqu'un d'autre est entré. Je n'ai pas osé regarder. C'était sans doute Alain. Ils étaient maintenant deux pour m'attraper. Je n'avais aucune chance. Dans une seconde, ils auraient la puce à l'oreille et se rendraient compte que quelque chose n'allait pas. Mon butin allait glisser de sous ma veste et tomber en cascade par terre. En colère, ils me barreraient le passage, Alain appellerait la police, qui arriverait en un instant, Nana et Jamie se feraient attraper et nous serions tous renvoyés, honteux, à madame Frank, qui nous disperserait froidement là où elle le voudrait, sans le moindre scrupule. C'était fini. Notre aventure était terminée. C'était la fin de notre famille.

— C'est une merveilleuse région, n'est-ce pas ? On ne me ferait vivre nulle part ailleurs, même en me payant très cher, était en train de me raconter la dame. Ça fera un dollar et soixante-cinq, s'il te plaît.

Tout en sueur, j'ai cherché à gagner du temps. J'ai fouillé dans mon porte-monnaie à moitié vide, puis ai tendu à la dame tout l'argent qu'il contenait.

— Oh. Mais il n'y a que quatre-vingt-cinq cents.

— Je pense que tu as dû laisser tomber ça dehors, a dit une voix, derrière moi.

Je me suis retournée. C'était Daniel. Il me tendait une pièce d'un dollar. Je n'avais jamais été aussi heureuse de voir qui que ce soit de toute ma vie.

— Oh, oui... Merci.

Il l'a tendue à la dame, qui me regardait maintenant d'un air suspicieux. Elle m'a rendu ma monnaie et je me suis précipitée dehors, le visage rouge de honte. J'ai couru pour traverser la route, et j'ai rejoint Jamie et Nana qui m'attendaient.

— Qu'est-ce qui s'est passé, Vicky ? m'a demandé Jamie en voyant mon expression.

J'ai secoué la tête. Je ne pouvais pas lui parler maintenant. Si j'avais ouvert la bouche, j'aurais éclaté en sanglots.

Chapitre 33

Daniel est sorti du magasin juste après Vicky. Je lui ai fait signe de la main. Il s'est arrêté, a regardé autour de lui, puis est venu vers nous. Je lui ai fait un gros câlin.

– On croyait que tu étais parti ! lui ai-je lancé.

– Je suis allé passer la nuit chez ma grand-mère. On est rentrés à la maison il y a environ une demi-heure.

– Reviens avec nous à la grotte, Daniel, je veux te montrer Roger.

– Qui est Roger ?

– Mon lapin.

J'ai cherché à savoir si Vicky voulait bien que Daniel vienne avec nous. Elle n'a rien dit. Elle a juste hoché la tête.

— On peut être tous amis de nouveau, ai-je déclaré.

Elle n'a toujours rien dit.

— Tu n'aimes plus Daniel du tout? lui ai-je demandé.

— Mais non, ce n'est pas ça, a-t-elle répondu en donnant de petits coups de pied dans la poussière.

— Tu n'as pas acheté de nourriture?

— Oui, j'ai un peu à manger.

Elle n'a pas voulu me dire ce qu'elle avait acheté. Elle était d'une drôle d'humeur. Je ne savais pas pourquoi. Jamie ne parlait pas non plus à Daniel, alors j'ai marché avec lui et je lui ai raconté, pour Roger.

Daniel nous a dit qu'il allait nous montrer un raccourci. En passant près d'une vieille église, nous avons aperçu deux motos tout-terrain posées par terre.

Puis nous les avons vus. Eux. Ils étaient assis sur les marches arrière de l'église, ils riaient et fumaient des cigarettes.

— C'étaient eux, hier soir, ai-je dit en me rapprochant de Vicky.

Daniel était inquiet, lui aussi. Il a regardé partout comme s'il voulait s'enfuir en courant. La fille a levé la tête et l'a dévisagé.

— Hé, mais c'est «la peste»! a-t-elle crié.

Elle a lancé sa cigarette dans le gazon.

— Alors, comment se porte ta tache de peste, la peste? a-t-elle continué.

Elle s'est mise à rire et s'est tournée vers le garçon. Il a hoché la tête en lui faisant un sourire mauvais. Puis ils se sont levés tous les deux et sont venus vers nous.

— C'est qui, ces minables, la peste, ce sont tes nouveaux amis?

La fille m'a fixée. J'ai essayé de me cacher derrière Vicky.

— Hé, c'est la demeurée d'hier soir! Regarde bien où tu vas, si tu ne veux pas qu'on te roule dessus... demeurée!

Jamie était de plus en plus en colère. Il se préparait à leur mettre une raclée, à tous les deux. Vicky lui a attrapé le bras et l'a tiré vers l'arrière.

— Venez, on repart dans l'autre sens, a chuchoté Daniel.

— On ne va pas te laisser courir dans les jupes de maman, aujourd'hui, la peste! Tu ne bouges pas de là!

Daniel a commencé à faire demi-tour.

— Je t'ai dit de ne pas bouger, la peste!

Daniel s'est immobilisé. Il avait l'air minuscule. Les petites brutes se sont avancées vers lui.

— Alors, la peste, tu es quoi? Hein? l'a questionné la fille. Dis à ces minables ce que tu es!

— C'est notre ami, lui ai-je lancé. Arrêtez de vous moquer de lui !

— Toi, la demeurée, reste en dehors de tout ça, m'a-t-elle répondu en se tournant vers moi.

Daniel a fait un pas en avant.

— Laissez-la tranquille, a-t-il crié d'une voix tremblante. Elle n'a rien fait !

— Oooohhh... Tu fais ton brave, dis donc? C'est nouveau, ça ! Mais qu'est-ce qui t'arrive, la peste?

— Pas si brave que ça, je parie ! a rétorqué le garçon.

Il a sauté sur le dos de Daniel et a serré ses bras autour de son cou. Daniel a essayé de se dégager, mais le garçon était beaucoup plus grand, et beaucoup plus fort. Daniel a commencé à tousser.

— Voilà, c'est toujours notre bonne vieille peste !

— Arrêtez ! a crié Vicky.

En poussant un grand rugissement, Jamie s'est lancé vers l'avant, a attrapé le garçon et lui a fait lâcher Daniel. Le garçon s'est mis à hurler. Il est tombé lourdement par terre. Jamie a plongé et s'est assis sur lui pour qu'il ne puisse pas se relever. Jamie était beaucoup plus petit, mais il était vraiment très en colère, maintenant. Quand Jamie se met en colère, il vaut mieux ne pas se placer en travers de son chemin. Vraiment pas. Il a approché son visage tout près de celui du garçon. Ses gros sourcils touchaient presque les siens.

– Tu ne t'attaques plus jamais à lui ou à ma sœur ou à personne, tu m'entends, plus jamais ! a hurlé Jamie.

Le garçon avait l'air effrayé, maintenant.

– Il me fait mal ! Enlève-le de là ! a-t-il pleurniché.

Il s'est mis à gigoter et à donner des coups de pied dans tous les sens pour essayer de se dégager de Jamie. La fille a agrippé les cheveux de Jamie et s'est mise à les tirer.

Daniel s'est jeté sur elle pour essayer de lui faire lâcher prise, mais elle lui a donné un coup de poing et l'a repoussé comme s'il n'était qu'une mouche. Jamie a commencé à crier après la fille, mais elle a continué. Il a pivoté sur lui-même et était sur le point de la taper quand le garçon a donné un coup directement sur le nez de la fille. Mais je crois que ce n'est pas elle qu'il visait. Elle a lâché les cheveux de Jamie. Du rouge s'est mis à ruisseler sur son t-shirt blanc.

– Espèce d'idiot ! C'est un t-shirt tout neuf ! a-t-elle aboyé.

Elle a donné une claque sur la tête du garçon.

– Mais c'est pas ma faute ! s'est-il lamenté.

Il a frotté sa main sale dans ses cheveux courts et hérissés.

– Viens ! m'a dit Vicky en m'attrapant le bras.

Nous nous sommes mis à courir, tous les quatre.

– On vous retrouvera ! Faites bien attention... Vous allez voir ! a crié la fille dans notre direction, en se passant la main sur le visage et en y étalant du sang et de la morve.

Chapitre 34

Une fois sortis du village, nous nous sommes dépêchés de traverser les bois en longeant le ruisseau pour retrouver la sécurité de la grotte.

Nous étions presque arrivés quand Daniel s'est tourné vers Jamie.

— Merci, lui a-t-il dit doucement.

Jamie a retenu un sourire.

— Ça fait plaisir, a-t-il marmonné en faisant semblant de renouer son lacet.

Les garçons sont des êtres simples : il ne leur en fallait pas plus pour être amis de nouveau.

Nana m'a pris le pain de sous le bras.

— Allez, venez, je meurs de faim !

Daniel a ouvert son sac à dos et en a sorti une grosse bouteille de lait, un pot de beurre d'arachide, quelques bananes et une grosse tablette de chocolat.

— Je les ai achetés pour aller avec le pain, nous a-t-il affirmé en souriant.

Je me suis précipitée dans la grotte et j'ai commencé à déposer sur la tablette toute la nourriture que j'avais volée, trop honteuse pour raconter aux autres ce que j'avais fait. Je n'avais pas entendu Daniel entrer et, en le voyant, j'ai lâché les barres de chocolat que je tenais à la main.

Il m'a regardée, étonné.

— Mais je croyais que vous n'aviez pas de nourriture...

Embarrassée, j'ai commencé à ramasser les chocolats tombés par terre. J'ai fait un geste de la main pour lui montrer le reste, sur la tablette.

— J'ai volé tout ça dans le magasin, ce matin, ai-je maugréé, la tête baissée, en attendant sa réaction. Je suis une voleuse.

Il n'a rien dit pendant un long moment.

— Tu essaies seulement de prendre soin de Jamie et de Nana.

— Mais, jusqu'à aujourd'hui, je n'avais jamais rien volé.

Tout à coup, j'ai pensé à papa. Comment se sentait-il, quand il livrait ces télévisions volées ? Quand papa était petit, son père, c'est-à-dire mon grand-père, était policier. Papa avait été élevé selon des valeurs très strictes, et il avait gardé ce sens moral fort.

— Papa nous disait toujours que c'est important de faire ce qui est juste. De ne pas mentir. De ne pas tricher, même au Monopoly. De ne pas prendre de biscuits dans la cuisine sans demander la permission. Et puis, tout à coup, il s'est mis à faire lui-même quelque chose de vraiment moche. Il savait très bien que ce qu'il faisait était mal, mais il a continué à le faire tout de même, jusqu'à ce qu'il se fasse attraper.

— Il devait se sentir complètement désespéré, a suggéré Daniel. Comme toi tout à l'heure.

Des larmes m'ont piqué les yeux et j'ai serré les paupières pour les retenir.

Daniel n'a pas ajouté un mot. Il m'a entourée de ses bras et m'a serrée contre lui. Je me suis sentie plus calme. J'ai levé les yeux vers lui.

— Merci pour ce que tu as fait ce matin. Tu as été vraiment courageux.

— Tu te moques de moi ?

— Mais non, pas du tout ! Tout d'abord, tu m'as tirée d'affaire, dans le magasin, et, ensuite, quand cette horrible fille a commencé à s'en prendre à Rhianna...

— Justement, je n'ai pas fait grand-chose, n'est-ce pas ? Si Jamie n'avait pas été là...

— Mais Jamie se bat pour un oui ou pour un non. C'est un peu son passe-temps. Toi, tu avais vraiment peur, et pourtant tu nous as défendus !

Daniel m'a souri.

— J'ai très mal dormi, la nuit dernière, m'a-t-il confié. Je croyais que tu étais vraiment fâchée contre moi, à cause de la crise que j'ai piquée avant de vous abandonner près du lac. Je pensais que j'avais tout gâché et que tu ne voudrais plus rien savoir de moi.

Il m'a jeté un coup d'œil et s'est repris rapidement.

— Enfin, je veux dire que *vous* ne voudriez plus rien savoir de moi, Nana et Jamie et toi.

— Ne sois pas ridicule, lui ai-je répondu en me faisant la remarque que ses yeux étaient vraiment jolis quand il souriait. Je… on t'aime vraiment beaucoup.

Nana est entrée dans la grotte en courant. Elle a vu que Daniel m'enlaçait et s'est jetée sur nous pour nous prendre aussi dans ses bras.

— Qu'est-ce qu'il y a ? a-t-elle demandé.

— Rien, avons-nous répondu exactement en même temps.

— Mais pourquoi est-ce que vous vous faites un câlin, alors ?

Nous nous sommes immédiatement éloignés l'un de l'autre. J'ai croisé le regard de Daniel et nous nous sommes souri.

— Parce que nous sommes tous amis de nouveau, a-t-il fait en haussant les épaules.

Notre déjeuner a été une fête, un moment de bonheur. Je ne sais pas si c'était parce que nous avions enfin de la nourriture, ou simplement parce que nous étions tous ensemble, mais chacun était de bonne humeur. Jamie et Nana ont préparé des sandwichs au beurre d'arachide, à la banane et au chocolat, et nous les avons fait descendre avec le bon lait frais. Daniel n'a pas voulu manger. Il a expliqué qu'il avait pris un copieux déjeuner et était content de nous voir nous régaler. Nous avons beaucoup ri en faisant tout un tas de plaisanteries. Nous disions des bêtises, par exemple que nous allions équiper notre grotte pour la rendre un peu plus confortable, peut-être avec une télévision et un lecteur de DVD branchés sur un panneau solaire, un barbecue de luxe pour se faire de bons repas chauds, et un distributeur de chocolat chaud avec des compartiments pour les guimauves, la crème fouettée et les petits bonbons à saupoudrer. Nous avons imaginé comment nous pourrions vivre dans la grotte pendant des années sans nous faire découvrir. Un jour, nous sortirions de notre cachette et tout le monde serait stupéfait de nous voir réapparaître.

Après avoir terminé les dernières miettes, nous nous sommes prélassés dans l'herbe. Avec précaution, Nana a montré à Daniel la boîte en métal qui contenait le lapin. Il était encore plus recroquevillé sur le t-shirt de Jamie.

— Je vais seulement le garder jusqu'à ce qu'il aille mieux, a expliqué Nana à Daniel. Ensuite, je vais le libérer, parce que c'est un lapin sauvage, pas un lapin domestique.

J'ai regardé Daniel caresser le dos du lapin. Il m'a jeté un coup d'œil entendu.

— Il est très mignon et doux, a-t-il déclaré à Nana.

C'était la fin de la matinée, maintenant, et, malgré ce que la dame du magasin avait affirmé, la journée était magnifique. Nous avons décidé d'aller près du lac. Nana et Jamie avaient envie de nager, et j'ai dit que j'allais patauger un peu. Il commençait à faire chaud et l'idée de se rafraîchir dans l'eau claire était très tentante.

Daniel voulait venir avec nous, et nous sommes partis à travers les arbres en riant et plaisantant dans la chaleur du soleil, comme si nous n'avions pas le moindre souci.

À la lisière du bois, nous nous sommes arrêtés d'un coup. Rhianna a regardé en direction du lac et a proclamé tout haut ce que je craignais silencieusement.

— Et si les petites brutes de tout à l'heure nous attendent près du lac ? a-t-elle demandé, craintive.

— Je n'ai pas peur d'eux, a répondu Jamie d'un air renfrogné.

Mais Nana et moi sommes tout de même restées cachées derrière les arbres pendant que Jamie et Daniel vérifiaient la rive. L'endroit était désert, et Jamie nous a fait signe. Nous avons rejoint les garçons près de l'eau, qui avait l'air merveilleusement fraîche et invitante.

— Hé, Daniel, tu viens ? a lancé Jamie en entrant dans l'eau.

Daniel a hésité un instant. Puis il a rapidement enlevé son t-shirt, révélant sa vilaine cicatrice sur son ventre et sa poitrine. Cette fois, Jamie n'a pas bronché.

— Je parie que tu ne sais pas faire le poirier dans l'eau..., a-t-il crié à Daniel.

— Tu vas voir ça ! a répliqué Daniel avec un sourire en se jetant dans le lac.

Ils ont fait les fous et se sont éclaboussés pendant un long moment.

Je continuais de surveiller les bois, consciente que n'importe qui pouvait nous entendre ou arriver près du lac à tout instant. Est-ce que nous devrions vivre ainsi, maintenant ? me suis-je demandé. Allions-nous surveiller nos arrières en permanence pour éviter de nous faire découvrir ? Nous enfuir d'un endroit à l'autre ? Vivre sans savoir ce qui se passerait le lendemain ? Toujours mentir, voler, se dissimuler ? Qui voudrait de ce genre de futur ? J'ai repensé à notre rêve de vivre pendant des années dans notre grotte, et j'ai bien vu à quel point il était ridicule. Une invention de jeunes enfants, me suis-je dit froidement.

Chapitre 35

Daniel m'a montré comment faire le poirier dans l'eau. C'est super méga hyper facile. Il suffit de plonger dans l'eau, de poser les mains sur le fond, dans les algues gluantes, et de lever les jambes vers le haut. Mais faites bien attention de ne pas avaler d'eau en même temps. Elle goûte la boue. Nous nous sommes entraînés pendant une éternité. Vicky est restée assise dans l'herbe, les bras autour des genoux, à observer soit les bois derrière elle, soit ses pieds.

– Vicky, regarde !

J'ai fait mon poirier le plus réussi jusque-là. Elle a dit que c'était très bien, mais elle ne m'avait même pas regardée.

– Tu n'as pas vu !

– Oui, j'ai vu... C'était super !

Sa voix était bizarre et elle continuait de fixer le sol.

– Viens avec nous ! l'a appelée Jamie, mais elle a secoué la tête.

Elle avait l'air toute petite, recroquevillée comme ça.

Daniel s'est arrêté et l'a observée. C'était à lui de faire le poirier, mais il est sorti de l'eau et est allé s'asseoir près d'elle dans l'herbe. Je crois qu'elle ne l'a pas vu, parce qu'elle n'a toujours pas levé la tête. Il a passé son bras sur ses épaules. Elle ne l'a pas repoussé, elle s'est juste appuyée contre lui, le visage triste. Je pense qu'elle aurait vraiment voulu faire le poirier, comme nous. Ce n'est pas très agréable de ne pas réussir quelque chose quand tous les autres y arrivent.

Jamie et moi avons continué un peu. Jamie voulait faire la roue, mais c'est vraiment difficile, alors on a fait des pirouettes arrière. On commence par faire le poirier, mais on continue en envoyant ses jambes de l'autre côté, jusque dans l'eau. On en a fait trente-sept chacun.

Quand nous sommes sortis du lac, Daniel et Vicky étaient encore assis ensemble, en train de discuter.

– Ne sois pas triste, Vicky. Demain, je vais t'apprendre à faire le poirier. Je te tiendrai les jambes en l'air pour t'aider.

– Merci, Nana, m'a-t-elle répondu, l'air contente.

Daniel lui a souri et, vous savez quoi? elle est devenue toute rouge et lui a fait un sourire plein de dents, comme quand elle se trouvait devant Matt la patate.

Jamie ne disait rien. Il regardait vers le lac. Tout à coup, il s'est tourné vers nous.

— Regardez! a-t-il crié en montrant la route, de l'autre côté du lac.

Vicky a pâli brusquement et Daniel a bondi sur ses pieds comme s'il avait des fourmis dans le pantalon. Je n'ai pas compris pourquoi ils faisaient toute une histoire. C'était juste deux voitures de police qui venaient vers nous.

Chapitre 36

— Ils viennent par ici ! a crié Daniel.

— Qu'est-ce qu'on va faire ?

— Ils ne sont peut-être pas à notre recherche... C'est peut-être juste une coïncidence.

Mais personne ne m'écoutait et j'avais un mauvais pressentiment. Quelque chose n'allait pas. Je me suis souvenue de l'expression étrange de la dame du magasin. Après mon départ, elle avait dû remarquer que des articles manquaient, faire le lien et comprendre qui j'étais.

Daniel avait pris la main de Nana et ils étaient déjà en train de courir.

— Vite, à la grotte ! a-t-il hurlé. C'est notre seule chance !

Jamie est parti à toute allure sur leurs talons. Rapidement, j'ai rassemblé nos affaires et j'ai filé comme une flèche derrière eux.

Nous sommes arrivés à la grotte, haletants et à bout de souffle. Nana pleurait, parce qu'elle ne comprenait pas ce qui se passait. Je l'ai fait entrer dans la grotte et j'ai essayé de la calmer pendant que Jamie et Daniel s'affairaient à effacer les traces de notre présence à toute vitesse.

Nous avons entendu des voix.

— Jamie ! ai-je soufflé.

— Rentre ! a ordonné Daniel à Jamie d'un ton insistant, avant de recouvrir l'entrée de la grotte de ronces et de rosiers. Et ne faites pas un bruit !

— Je veux mon bébé Emma !

J'ai regardé à travers l'amas de tiges, de feuilles et de ronces. Bébé Emma était perchée sur un buisson, tous ses vêtements étalés à côté d'elle, bien à la vue de tous ceux qui passeraient à côté.

Les voix se rapprochaient.

— Ils arrivent !

— Ils vont être là d'une seconde à l'autre !

— Mais je veux mon bébé Emma ! pleurnichait Nana, ses sanglots devenant de plus en plus forts et incontrôlables.

Jamie m'a regardée. Il était en train de se dire exactement la même chose que moi. Passant à l'action en un instant, il s'est précipité dehors en repoussant les ronces, a attrapé la poupée et ses vêtements, et est rentré dans la grotte en courant. Remettant les ronces en place, il s'est jeté au sol près de nous et nous nous sommes blottis tous les trois, osant à peine respirer.

— Hé, toi, là-bas ! a crié une voix d'homme. Reste où tu es, s'il te plaît !

Nous les avons entendus dégringoler la pente de la colline. Ils devaient être trois ou quatre. L'un d'eux a glissé et s'est mis à jurer d'une voix forte. Le premier homme a demandé à Daniel comment il s'appelait, où il habitait et s'il avait repéré des enfants qu'il n'avait jamais vus auparavant. Daniel a gardé son calme. Il a été incroyable.

— Il y a toujours des gens nouveaux, par ici. Des gens en vacances ou en visite.

— Nous recherchons trois enfants en fuite, deux filles de quatorze ans et un garçon de dix ans. Une des filles est allée dans le magasin du village ce matin. Voici leurs photos.

Il y a eu un silence.

— Oui... Je l'ai vue. Elle avait laissé tomber de l'argent, alors je le lui ai rendu.

— Sergent, partez avec les autres et allez jeter un petit coup d'œil un peu partout...

J'ai senti la panique m'envahir.

— Elle n'est pas restée là, par contre. Elle est partie en courant vers la ferme des Bouchard, a dit Daniel précipitamment tandis que le policier se rapprochait de la grotte.

— La ferme des Bouchard, tu dis ?

Il se tenait juste devant la grotte, à moins de deux mètres de nous. À travers les broussailles, on pouvait voir le bas de son pantalon et ses gros souliers noirs couverts d'éclaboussures de boue et de morceaux de feuilles. Je serrais Nana dans mes bras et j'osais à peine respirer. J'ai regardé Jamie. Il avait les yeux écarquillés et immobiles, il ne clignait même pas des paupières.

— Oui... Je vais vous montrer par où je l'ai vue partir, si vous voulez, a répondu Daniel au policier.

— Bon, d'accord, allons-y, montre-nous ça.

Le policier a appelé ses collègues :

— Hé, ce garçon a vu une des filles !

J'ai poussé un petit soupir de soulagement. Ils s'en allaient.

— Oh, une dernière chose, a ajouté le policier. Leur père pourrait bien venir faire un tour dans le coin. Il s'est échappé de prison. On pense qu'il est à la recherche de ses enfants.

Mon cœur a fait un bond dans ma poitrine. J'ai regardé Jamie du coin de l'œil. Choqué et l'air stupéfait, comme s'il venait de recevoir un coup, il s'est retourné lentement vers moi et m'a fixée.

— Ne t'inquiète pas, a continué à expliquer le policier à Daniel, il n'est pas dangereux, mais on veut le ramener derrière les barreaux.

Les voix se sont éloignées, mais aucun de nous n'osait bouger. Jamie regardait maintenant le sol. Au bout d'environ cinq minutes, je me suis penchée en avant pour jeter un coup d'œil dehors. Jamie m'a attrapée par le bras et m'a tirée brusquement vers l'arrière.

— Tu nous as dit que papa était à l'étranger, en train de livrer de la nourriture à des réfugiés !

Son regard était furieux et son visage, déformé par la colère.

— Je ne voulais pas que vous sachiez...

— Tu ne voulais pas qu'on sache où était notre propre père ?

— Pourquoi est-ce que papa est en prison ? Qu'est-ce qu'il a fait ? a demandé Nana.

— C'est à cause des livraisons que monsieur Crapet lui demandait de faire en dessous de la table. C'étaient des choses volées.

— C'était un cambrioleur ? a demandé Nana.

— Bien sûr que non ! Il essayait seulement de gagner sa vie pour s'occuper de nous ! a crié Jamie. Il n'aurait jamais rien fait de mal s'il avait eu le choix ! C'est notre père !

Je me suis rappelé comment je m'étais conduite, dans le magasin, et me suis sentie rougir.

— Jamie, je suis vraiment désolée.

— On lui aurait rendu visite en prison, si on avait su ! Je te hais, Vicky David ! Tu es toujours tellement autoritaire... et tu crois toujours avoir raison !

Jamie s'est levé d'un bond et s'est précipité hors de la grotte.

— Jamie... non ! Où vas-tu ?

— N'importe où, tant que c'est loin de toi !

— Jamie, reviens, tu ne peux pas partir comme ça.

— Oh oui, je peux ! a-t-il sifflé entre ses dents en sautant par-dessus le ruisseau, avant de disparaître dans les bois.

Chapitre 37

— Je veux voir Jamie.

Il était parti depuis une éternité. Nous étions assises sur le sol. J'avais pris la boîte de Roger sur mes genoux. Je voulais sortir de la grotte pour lui cueillir de l'herbe fraîche, mais Vicky ne voulait pas me laisser aller nulle part.

— Nous devons rester ici, Nana, m'a-t-elle dit.

— Mais je veux voir Jamie.

— Il va bientôt revenir...

— Quand ?

Elle ne m'a pas répondu. Elle avait les yeux tout rouges et gonflés.

— Quand, Vicky ?

– Je ne sais pas... Quand il aura faim. Il rentre toujours à la maison quand il a faim, tu sais bien.

– Viens, on va le chercher.

– On ne peut pas.

– Pourquoi ?

– Parce qu'il y a des policiers partout.

– Mais on pourrait demander à un policier de nous aider. Madame Édouard m'a dit que, si je suis perdue, je dois demander à une policière ou à un policier ou... euh... simplement à une dame normale toute seule... ou à une dame avec des enfants... ou à deux dames ensemble... ou, si je ne vois pas de dame toute seule ou avec des enfants ou avec une autre dame, je peux demander à une dame qui est avec un homme, mais...

– Rhianna, tais-toi... S'il te plaît...

– Je te dis crotte.

Je lui ai tourné le dos. Elle détestait ça. J'ai regardé Roger. J'ai caressé sa fourrure. Il n'a pas bougé. Je l'ai sorti de la boîte et l'ai tenu dans mes mains. Sa fourrure était douce, mais son petit corps était tout raide.

– Réveille-toi !

Je lui ai donné un tout petit coup du bout du doigt, pas trop fort. Il n'a toujours pas bougé. Je lui ai montré mon petit pingouin, mais ça ne l'a pas intéressé. Vicky est arrivée près de moi. Elle a essayé de poser le bras sur mes épaules, mais je l'ai repoussée.

— Il dort, c'est tout, lui ai-je dit.

— Il était très malade, Nana... Trop malade pour continuer à vivre. Il est mort, maintenant.

— Il n'est pas mort. Il dort. Tu ne comprends rien. Jamie avait raison. Tu crois que tu sais tout, mais ce n'est pas vrai. Il dort parce qu'il est fatigué, c'est tout.

Vicky a poussé un gros soupir, puis elle s'est approchée de l'entrée de la grotte et elle est restée là.

J'ai caressé Roger du bout des doigts. Quand on ne se sent pas bien, on a besoin que quelqu'un s'occupe de nous.

Chapitre 38

J'ai laissé Nana bercer le lapin mort et je me suis glissée hors de la grotte, à l'air frais. Je me suis rappelé les premiers jours après la mort de maman. Papa s'était enfermé dans sa chambre, mais Nana n'avait pas été bouleversée du tout. Je me suis mordu la lèvre en me rendant compte qu'elle n'avait tout simplement pas saisi ce que ça impliquait.

Il n'y avait aucune trace de Jamie. Je me suis demandé s'il avait déjà été attrapé par la police. Je l'ai imaginé, boudeur et colérique, en train de lancer des coups de pied dans le siège du conducteur de la voiture de police qui l'emmenait au poste, ou en train d'essayer de donner une raclée au policier assis à côté de lui. Je comprenais qu'il soit en colère contre moi. Il avait le droit de l'être. Jamie avait seulement huit ans quand papa avait été envoyé en prison. Jamie et Nana n'avaient pas compris ce qui se passait quand madame Frank nous avait annoncé que papa devait partir et que nous ne pourrions pas aller lui rendre visite. La prison se trouvait à plus de cent soixante kilomètres de notre foyer d'accueil. Pour madame Frank, il était bien plus facile d'écrire *Pas de contacts avec le père* dans nos dossiers. C'était mon idée de leur raconter un conte de fées sur la livraison de nourriture aux réfugiés. Je sais que j'aurais dû leur dire la vérité, mais il m'avait semblé tellement plus facile de modifier l'histoire. En fait, ça avait même été trop facile. Ils m'avaient toujours fait confiance quand venait le temps que je leur explique les choses.

Je n'aurais pas supporté que quelqu'un apprenne la vérité, et surtout pas Jamie et Nana, qui adoraient tous les deux papa. S'il avait su ce qui s'était passé, Jamie aurait immédiatement tout raconté à son ami Sam, qui l'aurait répété à sa mère, et, très vite, toute la ville aurait été au courant. Rosie en aurait entendu parler, ainsi que Matt et cette chipie de Charlène Jackson. Je suis sûre que ça n'aurait pas dérangé Rosie, même si ses parents avaient l'air de faire partie d'un cercle un peu chic – ils travaillaient dans le domaine des meubles – et qu'ils n'auraient sans doute pas approuvé que Rosie soit amie avec la fille d'un prisonnier.

Et je savais très bien que Charlène Jackson, la grande langue, en aurait parlé à tout le monde. Cette fille adorait répandre des ragots. La connaissant, elle aurait sûrement fini par raconter qu'on était les pauvres enfants d'un maléfique tueur en série. Exagérer, c'était sa spécialité.

Daniel ne m'avait pas jugée, quand je lui avais raconté où papa se trouvait, mais est-ce que Matt aurait agi comme lui ? Il se serait peut-être enfui en courant... Bon, sûrement pas, mais une chose était certaine : les difficultés que Daniel avait rencontrées dans sa vie l'avaient rendu sensible au malheur des autres. Il était... différent de Matt.

J'avais aussi menti pour d'autres raisons. Je ne cherchais pas seulement à protéger Jamie et Nana, et à empêcher les gens de découvrir la vérité. Il y avait quelque chose de plus profond. Papa m'avait laissée toute seule pour veiller sur Jamie et Rhianna. Je devais jouer les rôles du père et de la mère. Je lui en voulais encore pour ça.

J'ai essayé de cesser totalement de penser à lui. C'était sa faute, après tout. Il s'était mis tout seul dans cette sale situation. Et puis, je ne lui avais pas demandé de se lancer à notre recherche. Il n'était pas obligé de faire ça. Il ne se trouvait pas dans une prison à haute sécurité. Je ne sais pas s'il avait eu du mal à s'échapper, mais s'évader était tout de même un acte très grave. Il allait avoir énormément de problèmes quand il se ferait attraper. Pourquoi avait-il pris tous ces risques pour partir à notre recherche ?

Et, tout à coup, j'ai compris la simple vérité. Il s'était mis à notre recherche parce qu'il nous aimait toujours et qu'il se souciait de ce qui nous arrivait. J'ai senti ma gorge se serrer. J'avais l'impression d'avoir avalé des pierres. Bouleversée, mais incroyablement soulagée, j'ai tout à coup pris conscience que ce que Rosie, Charlène Jackson et Matt la patate pensaient de moi n'avait aucune importance. Ce qui comptait, pour moi, c'était Nana, Jamie et, oui, papa, même si j'étais encore fâchée contre lui. Et, à ce moment précis, le plus important était de retrouver Jamie sain et sauf.

Je suis rentrée dans la grotte.

— Viens, Nana, allons-y.

Elle a insisté pour emporter le lapin mort. Elle l'a reposé doucement dans la boîte en métal, près de son petit pingouin, et les a couverts tous les deux avec le t-shirt de Jamie pour qu'ils n'aient pas froid. Nous sommes sorties de la grotte et avons commencé par chercher Jamie dans les bois pendant un moment, avant de suivre le ruisseau jusqu'au lac. Nous étions sur le point d'abandonner quand mon regard est tombé sur l'île, au milieu du lac. Quelqu'un se cachait derrière un arbre. Nana l'avait vu aussi.

— C'est Jamie ! Regarde, Vicky ! Il est sur l'île !

Jamie nous a sans doute entendues, car il a regardé dans notre direction. Rhianna lui a fait un signe de la main, mais il ne le lui a pas retourné. Il s'est détourné rapidement et a disparu derrière un buisson.

J'ai couru vers le vieux canot renversé, en me demandant ce que nous devions faire, maintenant. Au loin, nous avons entendu des moteurs de motos tout-terrain. J'ai balayé les bois du regard, mais on ne les voyait pas encore. Mais ils allaient arriver. Ils venaient prendre leur revanche.

On n'avait absolument pas le temps de rejoindre la grotte, et puis on ne pouvait pas laisser Jamie tout seul. J'ai regardé le canot. Il n'y avait qu'une seule chose à faire.

— Vite, Nana. Aide-moi !

Toutes les deux, nous avons retourné le canot pour le remettre à l'endroit, puis nous l'avons tiré jusqu'à l'eau.

Chapitre 39

— Nana, monte, dépêche-toi !

J'ai sauté dans le canot et me suis assise sur le banc en bois. J'ai posé la boîte de Roger près de moi. Le ronflement des moteurs devenait de plus en plus fort. Vicky a poussé le canot pour le lancer sur le lac, puis elle a sauté dedans aussi. Elle a attrapé les rames. Elle n'était pas très bonne, alors on s'est mises à zigzaguer. J'ai regardé vers le fond du canot et j'ai vu qu'il était en train de se remplir d'eau.

— Tiens, Nana, prends ça, m'a-t-elle dit en dénouant un petit seau jaune attaché dans l'embarcation, avant de me le tendre. Écope l'eau qui est au fond, rejette-la dans le lac, le plus vite possible.

J'ai obéi et je me suis vraiment dépêchée, mais encore plus d'eau est entrée dans le canot. J'ai écopé de plus en plus vite, mais ça ne servait à rien. L'eau est montée sur mes chaussures de sport, trempant mes chaussettes et le bas de mes jeans.

Ils sont sortis des bois. Ils se sont arrêtés en faisant déraper leurs motos, puis ils se sont mis à crier et à hurler. La fille agitait quelque chose. Je me suis levée pour mieux voir.

— Assieds-toi, Rhianna !

— Laissez mon bébé Emma tranquille ! ai-je crié.

— Hourra ! s'est exclamée la fille, et elle a arraché les bras, les jambes et la tête de bébé Emma, puis elle les a lancés dans le lac.

Les morceaux ont dansé sur l'eau pendant un moment, puis ils ont coulé.

— Nana, s'il te plaît, assieds-toi... On va chavirer ! m'a lancé Vicky en me tirant vers le bas pour que je me rassoie.

— N'imaginez pas que vous allez pouvoir continuer de vous cacher dans votre petite grotte ! nous a narguées la fille.

Elle a jeté le corps de bébé Emma dans le lac.

— Ouais. On dirait bien que quelqu'un l'a complètement saccagée !

Ils ont éclaté de rire.

— Nana, ça va aller, tout va bien aller, m'a dit Vicky. Ne pleure pas.

Je n'arrivais pas à m'en empêcher. J'avais bébé Emma depuis que j'étais petite. C'est maman qui me l'avait achetée. C'était ma poupée spéciale.

Vicky a regardé vers l'île et a essayé de ramer plus vite. Tout à coup, dans un affreux grincement, une des rames est sortie de son support. Vicky a réussi à la rattraper juste à temps, mais elle s'est égratigné la main. Sa blessure a commencé à saigner. Elle a laissé le sang couler sur son bras et tomber dans l'eau boueuse.

– Laisse Nana ramer aussi ! a suggéré Jamie, sur l'île.

Vicky m'a regardée et a hoché la tête. Je me suis levée de nouveau. Le canot s'est mis à se balancer. Tout bougeait dans tous les sens, et je n'aimais pas ça.

– Ah ! Vas-y, tombe ! Allez ! a crié la fille.

Le garçon a essayé de lancer la lampe de poche de Jamie sur nous, mais nous étions trop loin. La lampe est tombée dans l'eau avec un plouf, puis a coulé.

– Vite, Nana !

Vicky m'a tendu sa main qui n'était pas blessée et je l'ai attrapée.

Le canot s'est balancé encore et j'ai failli tomber en arrière, mais j'ai réussi à m'asseoir sur le banc près de Vicky, et elle m'a donné une des rames. Ça marchait mieux quand on ramait toutes les deux. C'était comme une course, sauf que les gens nous criaient après et nous insultaient au lieu de nous encourager. Vicky était très pâle et elle respirait vite. Nous étions presque arrivées, mais l'arrière du canot s'enfonçait de plus en plus dans l'eau et nous avions beaucoup de mal à avancer.

Enfin, le dessous du canot a frotté le fond, près de la rive de l'île. Nous avons sauté à l'extérieur. L'eau nous arrivait aux genoux. Elle était froide et boueuse. Jamie s'est précipité vers nous et nous a aidées à tirer le bateau sur l'herbe.

– On sait qui vous êtes ! a hurlé le gars. On a vu vos sales têtes à la télé !

– Trois petits fugueurs stupides, a crié la fille.

– Qu'est-ce qu'on va faire, Vicky ? ai-je demandé. J'ai peur.

– Ils ne peuvent pas nous atteindre, ici.

– Qu'ils essaient seulement ! a ajouté Jamie.

Je voulais aller de l'autre côté de l'île, où les deux brutes ne pourraient plus nous voir, mais Jamie a dit qu'il valait mieux garder un œil sur eux. Alors, nous nous sommes assis et nous avons attendu. Et attendu. Vicky pensait qu'ils finiraient peut-être par s'en aller, si nous attendions assez longtemps. Ils avaient arrêté de crier. Ils s'étaient assis sur leurs motos et nous regardaient fixement.

J'ai baissé la tête et regardé Roger. J'étais heureuse de ne pas l'avoir laissé dans la grotte. Ils auraient pu lui faire du mal, à lui aussi. Il n'avait toujours pas bougé. Tout à coup, j'ai pensé quelque chose de terrible. Vicky avait peut-être raison. Il était peut-être déjà mort.

J'ai demandé à Jamie. Il surveillait les deux brutes, au cas où elles se mettraient à nager vers nous. Il a jeté un coup d'œil à Roger et a hoché la tête.

– Désolé, Nana.

J'ai réfléchi très fort pendant un moment.

– Maman est morte... mais elle va revenir un jour, n'est-ce pas?

Jamie a regardé Vicky, puis s'est remis à observer les brutes.

– Non, elle ne peut pas revenir, Nana, m'a confié Vicky très doucement.

– Jamais? Même pas pendant seulement une journée, par exemple?

– Non.

– Même pas pendant... cinq minutes?

– Non.

– Une minute?

– Non.

– Mais juste pour dire bonjour, alors, avant de repartir tout de suite?

— Nana, elle ne reviendra pas, c'est tout. Jamais. Plus jamais ! a dit Jamie de sa voix qui signifiait « tais-toi ou je te donne une raclée ».

— Mais ce n'est pas juste ! ai-je répondu.

J'étais en colère, maintenant. Personne ne m'avait jamais expliqué ça avant.

— Mais elle est partie où, alors ? ai-je demandé.

Vicky et Jamie fixaient les deux brutes. Ils ne voulaient même pas me regarder. Vicky avait la bouche toute tordue.

— Où est-elle ? ai-je insisté.

— Je sais pas. Au paradis, ou un truc comme ça..., a murmuré Jamie.

— Mais c'est où, ça ?

— Je ne sais pas.

— Vicky ?

Elle a haussé les épaules.

— Quelque part dans le ciel...

— Mais comment est-ce qu'on peut vivre dans le ciel ? ai-je demandé.

Jamie et Vicky n'ont pas répondu. Ils ne savaient même pas. J'ai regardé les deux jeunes assis sur leurs motos.

— J'aimerais qu'elle soit encore ici, et pas là-haut dans le ciel, en train de sauter sur les nuages, ai-je dit.

Tout à coup, j'ai pensé à autre chose.

— Mais pourquoi est-ce que Roger n'est pas monté dans le ciel, lui, alors ?

Vicky a poussé un gros soupir.

— Écoute, Nana. Les corps meurent. Ils ne fonctionnent plus.

— Mais tu as dit que...

Jamie était en train de se mettre en colère.

— Tais-toi, Nana.

— Mais c'est juste une question.

— Eh bien, arrête de poser des questions. Ce n'est pas le moment. Tais-toi, c'est tout.

— Mais je veux savoir. Madame Édouard dit qu'il faut poser des questions, quand on ne comprend pas.

Vicky a regardé Jamie, puis a dit tranquillement :

— D'accord, bon... Peut-être que c'est juste l'esprit qui reste vivant.

— C'est quoi, un esprit ?

— C'est ce qu'il y a à l'intérieur de chaque corps. Ce qui fait qu'on est qui on est, qu'on est différent de tous les autres.

J'ai réfléchi très fort pendant un moment, puis j'ai caressé Roger une dernière fois. Je l'ai reposé dans la boîte en métal et je l'ai bien bordé avec le t-shirt de Jamie. J'ai repris mon petit pingouin et je l'ai glissé dans ma poche, que j'ai fermée. J'ai replacé le couvercle tout doucement sur la boîte, que j'ai posée par terre entre deux racines. Puis, je l'ai recouverte de mousse et de feuilles. Vicky m'observait.

– Qu'est-ce que tu fais? m'a-t-elle demandé.

– Je ne crois pas que l'esprit de maman flotte dans le ciel. Je pense que c'est une idée vraiment stupide. Je crois qu'il est ici, parce que c'était son endroit préféré, celui qu'elle aimait le plus. Elle me l'avait dit. Je laisse Roger ici, pour qu'ils puissent être ensemble.

Chapitre 40

— Tout va bien aller, Vicky, ne t'inquiète pas.

J'avais une grosse boule dans la gorge. C'était la première fois de ma vie que Nana me consolait. J'ai pensé à maman. Qu'aurait-elle fait si son esprit avait été ici, avec nous ? Qu'aurait-elle dit ? Je me suis beaucoup concentrée, mais je n'ai rien ressenti.

Rhianna a tort, me suis-je convaincue froidement. Tu n'es pas ici, maman, n'est-ce pas ? Nous sommes tout seuls, nous ne sommes que de la poussière perdue dans ce grand Univers.

J'ai regardé de l'autre côté du lac. Le vent s'était levé et de petites vagues agitaient la surface sombre de l'eau. De gros nuages gris s'accumulaient, recouvrant le ciel bleu, comme une énorme couverture terne.

La fille aux petits yeux noirs était en train de parler dans son téléphone cellulaire. Elle a fini par raccrocher et le garçon à la tête rasée nous a crié quelque chose :

— Hé, les minables ! Surpriiiise ! La police était vraiment contente d'apprendre où vous êtes. On dirait bien que vous allez bientôt rentrer à la maison !

— Allez, on s'en va, a dit Jamie en regardant le canot.

— Mais les brutes vont nous attraper ! a pleurniché Nana.

— On ne peut pas s'en aller, Jamie, ai-je rétorqué. Il y a une fuite. On n'atteindra jamais la rive... et je ne sais pas nager.

— On ne va quand même pas rester plantés là à attendre que la police arrive !

Il a cherché le trou dans le fond du canot.

— Ce n'est pas si gros, a-t-il dit en enlevant son t-shirt et en le roulant en boule pour le boucher. Ça va marcher. C'est notre seule chance.

J'ai jeté un coup d'œil au vieux canot tout abîmé. J'étais contrariée, mais Jamie était déjà en train de le tirer vers l'eau en nous appelant pour que nous montions à bord.

— Hé, ho ! Vous essayez d'aller où, comme ça ? nous a crié la fille aux petits yeux.

— Ouais, vous pouvez toujours essayer, mais vous n'échapperez pas à la police ! a ajouté le garçon, méchamment.

Ils se sont mis à rire et à chantonner :

— Non-non-non, vous ne vous échapperez pas, ils vont vous attraper !

J'ai pris une grande inspiration. Nous n'avions pas le choix. Nana et moi sommes montées dans le canot et nous sommes assises à l'arrière. Je me suis cramponnée, priant pour que tout se passe bien. Jamie nous a poussées le plus loin possible dans l'eau, avant de grimper à bord et de s'asseoir sur le banc du milieu.

— Ce n'est pas très loin, Vicky, a-t-il dit pour me rassurer, quand il a remarqué mon expression terrifiée.

Il a commencé à ramer régulièrement.

De l'eau entrait tout de même dans le canot, alors Nana et moi avons écopé, chacune notre tour. Nous avons essayé d'aller de plus en plus vite, mais toujours plus d'eau pénétrait dans le canot.

Jamie s'est mis à ramer plus vite et plus fort, conscient de l'eau qui s'accumulait, mais refusant de l'admettre à voix haute.

L'eau s'engouffrait à toute vitesse, maintenant. Le t-shirt roulé en boule était sorti du trou et flottait dans l'embarcation. Je l'ai attrapé et ai essayé de le replacer, mais je n'arrivais pas à trouver le trou.

— Jamie...

— On y est presque.

Il essayait de garder son calme, mais j'entendais la panique monter dans sa voix.

Sur la rive, j'ai vu Daniel sortir des bois en courant et se précipiter vers la rive du lac. Ignorant les sifflements et les insultes des deux brutes, il s'est mis à agiter les bras et à nous appeler. Je lui ai répondu d'un geste de la main, et j'ai commencé à hurler, même si je savais bien qu'il ne pouvait rien faire pour nous aider.

— Daniel ! On coule !

L'arrière du canot s'enfonçait rapidement. Dans un grand bruit de succion, l'eau est passée par-dessus les bords du canot, qui a flotté brièvement juste sous la surface. Pendant une petite seconde, nous sommes restés assis à bord, immergés jusqu'à la taille.

Le canot s'est mis à trembler.

— Vite, sortez de là ! a crié Jamie. Il faut nager !

Jamie et Nana ont sauté du canot, mais j'étais figée là, incapable de bouger, pendant que le canot oscillait, avant de couler.

J'ai hurlé en ne sentant rien d'autre que de l'eau glaciale et noire comme les ténèbres, sous moi. C'était profond. Très profond. J'ai paniqué et me suis mise à agiter les bras et les jambes, mais j'ai coulé. J'ai eu la tête sous l'eau et j'en ai avalé une gorgée, terreuse. J'ai toussé et crachouillé, en me débattant pour remonter à la surface et prendre une bouffée d'air. J'ai appelé à l'aide, mais je me suis sentie tirée vers le fond de nouveau.

Avec de violents coups de pied, j'ai réussi à remonter à la surface, mais j'ai à peine eu le temps de recracher l'eau que j'avais avalée avant de couler une troisième fois. J'ai pris conscience de cris et de grands bruits d'éclaboussement, mais, une fois sous la surface, j'ai été accueillie par le silence et l'eau sombre et sale. Je ne pouvais rien faire. J'étais aspirée dans les profondeurs du lac, dans son silence calme. Un engourdissement glacé s'est répandu dans mon corps et c'est à ce moment précis que j'ai compris que j'allais mourir.

Je m'enfonçais de plus en plus profondément, délicatement, légèrement. Dans ce silence immobile, j'ai entendu une petite voix familière dans ma tête. C'était maman. Elle me disait que tout allait bien aller. Mais comment le sais-tu, maman, me suis-je demandé, comment le sais-tu ? Tu n'es pas là, avec moi, tu es partie...

Et je l'ai vue. Elle flottait devant moi, nette et semblant si réelle. Elle était vraiment belle, comme avant qu'elle tombe malade. Une lumière vive brillait derrière elle. Ses épais cheveux châtains aux reflets dorés étincelaient en flottant doucement au-dessus de sa tête, et ses yeux bleu vif bordés de longs cils me jetaient un regard pénétrant. Je voyais les taches de rousseur qui recouvraient son nez, et sa minuscule cicatrice, sur sa mâchoire. Elle m'a souri, et les coins de ses yeux se sont plissés. Ses lèvres ont dévoilé ses belles dents blanches et droites. Je me suis sentie parfaitement heureuse. Plus rien n'avait d'importance, tant que je pouvais rester là, en bas, avec elle, pour toujours.

J'ai avancé la main pour toucher la sienne, mais, soudain, derrière moi, quelqu'un m'a attrapée par le t-shirt et a commencé à me tirer fermement et brutalement vers le haut, hors de cette épaisse obscurité, loin de maman et de sa lumière. Impuissante, je l'ai regardée, toujours souriante mais s'éloignant de moi, et elle a levé lentement sa main, qu'elle a agitée pour me dire au revoir.

Nous avons crevé la surface de l'eau en crachant et en essayant de prendre de grandes respirations.

— Ça va, Vicky, ça va... Je te tiens ! m'a dit une voix.

Il m'a fallu un bon moment avant de me rendre compte que c'était Nana. J'ai essayé de parler, mais ça me demandait trop d'efforts. Je me suis accrochée mollement à elle pendant qu'elle me tirait maladroitement dans l'eau, vers la rive.

Daniel et Jamie sont arrivés près de nous en nageant. Leurs visages avaient perdu toutes leurs couleurs, et ils avaient tous les deux l'air terrifiés. J'avais envie de leur dire que j'allais bien, mais j'ai à peine réussi à tourner les yeux vers eux.

Je ne sais pas comment nous avons réussi à rejoindre la rive. Daniel et Nana m'ont à moitié portée, à moitié traînée sur l'herbe et m'ont tournée sur le côté. En un long flot énorme, j'ai vomi des litres et des litres de l'eau du lac, puis j'ai pris une immense inspiration.

J'ai regardé Nana qui se tenait au-dessus de moi, angoissée et dégoulinante d'eau. Maman m'avait dit que tout allait bien aller.

Avec de grands efforts, j'ai réussi à chuchoter :

— Merci, sœurette.

Nana s'est penchée et m'a serrée fort. J'ai fermé les yeux, à bout de forces. Daniel s'est avancé d'un pas énergique vers les deux brutes et leur a demandé leur téléphone. Surprise et troublée, la fille le lui a tendu et l'a observé pendant qu'il appelait le 911 pour qu'on envoie une ambulance. Il le lui a ensuite rendu et leur a dit de déguerpir. Elle a semblé sur le point de répondre, mais il y avait une nouvelle intonation dans la voix de Daniel. Quelque chose qui disait « ne discute pas ». Elle a hésité, puis, après qu'elle a eu échangé un bref coup d'œil avec le garçon au crâne rasé, ils sont tous deux remontés sur leurs motos, ont démarré et sont partis à travers les bois.

Je frissonnais sans pouvoir m'en empêcher. Daniel a ramassé son cardigan qui était posé plus loin et l'a étalé sur moi. Il s'est assis près de moi, et je suis restée allongée sur l'herbe sans pouvoir rien faire. Lentement, minute après minute, j'ai commencé à me sentir mieux. Ma respiration est devenue plus facile et plus régulière. J'ai arrêté de grelotter. Jamie et Nana regardaient la rive opposée pour guetter l'arrivée de l'ambulance.

J'ai levé les yeux vers Daniel et lui ai fait un petit sourire triste.

— Tu vas vraiment me manquer, m'a-t-il soufflé.

— Tu vas me manquer encore plus, lui ai-je répondu en tendant impulsivement la main pour attraper la sienne.

Je l'ai serrée gentiment. Daniel m'a fixée de ses grands et doux yeux bruns, puis s'est soudain penché sur moi et m'a embrassée tendrement et longuement sur les lèvres. Il s'est rassis et m'a regardée de nouveau, et, pour une fois, je n'ai pas rougi.

— Désolé, a-t-il marmonné.

— Non, ne sois pas désolé, me suis-je entendue lui dire. J'attendais ça depuis une éternité.

Nous les avons entendus venir, de l'autre côté du lac, avec leurs sirènes et leurs lumières qui clignotaient. La voiture de police est arrivée quelques secondes avant l'ambulance. Mais il n'y a pas eu de capture spectaculaire. Pas de grande scène. On nous a tous emmenés nous faire examiner à l'hôpital le plus proche, trempés, négligés et enroulés dans des couvertures. Pendant que nous démarrions, Nana pleurait en silence, mais, tout au fond de moi, je savais que ce n'était pas fini.

Chapitre 41

La mère de Daniel est venue le chercher à l'hôpital, mais nous, nous avons dû y passer la nuit. Ils ont mis Vicky toute seule dans une chambre, et Jamie et moi sommes allés dans une grande salle avec plein d'autres enfants. C'était très bruyant, et il faisait chaud, et je n'arrivais pas à m'endormir, même si j'avais mis mon petit pingouin près de moi, sur mon oreiller. Les infirmières n'arrêtaient pas d'aller dans la chambre de Vicky, mais, quand je leur ai demandé comment elle allait, elles m'ont seulement répondu qu'elle allait bien.

Le lendemain, Vicky dormait encore, et Jamie et moi étions en train de prendre notre déjeuner quand une des infirmières est venue nous voir.

– Vous avez un visiteur spécial, nous a-t-elle dit. D'habitude, on n'accepte pas de visiteurs d'aussi bonne heure, mais nous avons fait une exception.

Je croyais que c'était Daniel, mais un policier est entré, accompagné d'un autre homme.

— Papa ! a crié Jamie.

Je n'étais pas sûre que c'était bien lui. Cet homme ne ressemblait pas du tout à notre papa. Il avait l'air complètement épuisé. Il avait une barbe et les cheveux longs, et ses vêtements étaient tout débraillés. Et puis il portait un bracelet de métal attaché au poignet du policier.

— Est-ce que c'est vraiment papa ? ai-je chuchoté à Jamie.

Jamie a bondi sur ses pieds et il a pris l'homme dans ses bras.

— Bien sûr que c'est papa !

J'ai sauté vers lui aussi et Jamie et moi lui avons fait un gros câlin, ensemble.

— Oh, mais je vais tomber ! a ri papa en nous serrant fort de son bras libre, celui qui n'avait pas de bracelet. Que je suis heureux de vous voir, tous les deux !

— Est-ce que tu as des ennuis ? a demandé Jamie en regardant le policier qui se tenait près de papa.

Papa a fait une grimace.

— Oui, un petit peu...

— Est-ce que tu t'es enfui ? lui ai-je demandé.

Il a hoché la tête.

– J'étais complètement affolé. Je ne pouvais penser qu'à une chose : vous retrouver. Je me suis creusé la cervelle pour essayer de m'imaginer où vous aviez bien pu aller, et, tout à coup, j'ai eu cette étrange intuition que vous étiez chez grand-tante Irène. J'ai fait du stop pour venir ici.

Il a baissé la tête.

– Je ne savais pas qu'elle était morte, a-t-il continué d'une voix douce. Je me suis caché dans les bois pendant une journée, en me demandant ce que je devais faire ensuite. Et c'est là qu'ils m'ont rattrapé, hier soir.

– C'était comment, la prison ? lui ai-je demandé.

Papa a commencé à nous raconter ce qu'il avait vécu en prison. Ça ressemblait un peu à certains des foyers d'accueil dans lesquels nous étions allés, mais en plus grand, et pour les adultes. Papa avait jardiné dans les potagers, là-bas, et, maintenant, il savait faire pousser plein de choses - des tomates, des haricots, des choux, des pommes de terre, des carottes, des petits pois et tout un tas d'autres légumes. Comme les prisonniers dangereux ne travaillaient pas dans les jardins de la prison, il y avait moins de gardes que dans les autres endroits et c'est comme ça qu'il avait pu s'échapper.

Je lui ai parlé de nos affreux foyers d'accueil, et puis de Sarah et Paul, et du bébé. Il est devenu tout silencieux quand nous lui avons raconté comment ils voulaient nous séparer.

Il nous a dit qu'il était désolé, qu'il avait été stupide, et qu'il allait tout faire pour réparer ses erreurs et pour qu'on lui pardonne. Il a ajouté qu'à partir de maintenant la vie allait être plus belle. Il ne serait plus jamais camionneur, et ne ferait plus jamais rien de mal comme livrer des choses volées pour monsieur Crapet.

Jamie l'a regardé.

– Et le whisky, et l'alcool?

Papa a fait une grimace.

– C'est fini, tout ça. Je ne bois rien de plus fort que du café.

– Tu vas t'occuper de nous, quand tu vas sortir de prison, n'est-ce pas? lui a demandé Jamie.

Papa a de nouveau baissé la tête.

– Papa? Tu vas t'occuper de nous, hein? ai-je répété.

Il a jeté un coup d'œil au policier qui se tenait près de lui.

– Bien sûr... Si on me le permet, a-t-il répondu.

Chapitre 42

— Vicky…

Je connaissais cette voix. J'avais mal à la tête, mais j'ai essayé de me rappeler qui c'était. Je ne comprenais pas pourquoi il y avait tant de monde autour de mon lit – Nana, Jamie et deux hommes. Pendant un instant, je me suis sentie très effrayée, et je ne savais plus où je me trouvais.

— Vicky, c'est papa, m'a dit Nana.

— Papa ?

Stupéfaite, j'ai levé la tête et j'ai regardé les deux hommes de nouveau. L'un d'eux était un policier en uniforme, et l'autre, menotté à lui, était… papa. Il avait affreusement mauvaise mine. J'ai jeté un coup d'œil aux menottes luisantes, pendant qu'il se balançait d'un pied à l'autre en essayant de cacher son poignet derrière son dos.

Toute la colère que j'avais accumulée au cours des deux dernières années s'est soudain totalement évanouie, comme la mer se retire d'une plage à marée basse. À la mort de maman, le monde de papa s'était écroulé aussi. Et, comme moi, il avait fait ce qu'il pouvait pour se tirer d'affaire, en commettant toutes sortes d'erreurs en chemin.

— Papa...

Il m'a regardée d'un air hésitant.

Je lui ai tendu les bras. Son visage s'est illuminé et il s'est précipité vers moi si brusquement que le policier, surpris, a failli perdre l'équilibre. Nana a pouffé de rire et a regardé Jamie, qui a lâché un petit ricanement. Le policier a froncé les sourcils et a essayé de retrouver sa dignité. Je m'en moquais. J'ai continué à serrer papa très fort.

— Je suis désolé, Vicky, m'a-t-il chuchoté d'un ton bourru. Je suis tellement désolé. Vous m'avez tellement manqué.

Même si j'essayais de toutes mes forces de les retenir, je sentais les larmes me monter aux yeux.

— Tu m'as manqué aussi, papa.

Chapitre 43

Madame Frank est arrivée à l'hôpital dans l'après-midi et nous a chicanés cinq fois parce qu'on s'était enfuis. J'ai compté. Elle était vraiment fâchée et elle a dit qu'on avait créé une montagne de papiers à remplir. Jamie lui a demandé comment elle faisait pour entrer dans son bureau s'il y avait une montagne à l'intérieur, mais elle n'a pas répondu. Elle était trop occupée à se plaindre. Elle n'a même pas demandé une seule fois comment allait Vicky.

Quand le médecin a déclaré que nous pouvions partir, j'ai attendu que papa vienne nous chercher, mais il n'est jamais arrivé. Je répétais sans cesse à madame Frank que je voulais rentrer à la maison avec lui, mais sa bouche s'est étirée en une petite ligne et elle a dit qu'on pouvait bien rêver. Vicky m'a expliqué qu'il devait encore passer quelques semaines en prison, et qu'en plus il avait beaucoup d'ennuis.

Je voulais retourner chez Élisabeth et habiter chez elle, mais madame Frank m'a affirmé que nous n'avions pas le droit de faire ça. Elle a précisé que nous irions, seulement pour cette fin de semaine, chez un couple de la région qui accueillait des enfants pendant peu de temps, quand c'était urgent. Leur maison sentait la friture, mais elle était confortable et tranquille, et, le lendemain, Vicky a dormi jusqu'à l'heure du souper. Ces gens avaient un gros chat blanc appelé Nuage, qui me laissait le caresser dans le cou.

Le lundi matin, madame Frank est venue nous chercher en voiture. Elle nous a annoncé qu'elle nous emmenait dans un foyer d'accueil, près de là où nous vivions avec Paul et Sarah. Il nous a fallu un temps fou pour nous rendre là-bas et Jamie a vomi, parce qu'il avait mangé un sac entier de bonbons. On a été obligés de faire le reste du trajet les fenêtres ouvertes.

Nous ne sommes pas restés longtemps dans le foyer d'accueil, parce que nous dormions dans les chambres de deux enfants qui n'étaient absents que pendant quelques jours. J'étais contente de repartir, parce que cet endroit était atroce, mais Vicky commençait à en avoir vraiment assez du fait que nous devions continuellement faire et défaire nos sacs. Puis madame Frank nous a dit qu'une dame appelée Sandy pouvait s'occuper de nous pendant quelques semaines. Vicky s'est fâchée et lui a demandé ce qui allait se passer ensuite, mais madame Frank lui a seulement répliqué qu'il y aurait une réunion pour décider de tout ça.

Donc, nous sommes allés vivre chez Sandy. Elle habitait une petite maison, tout au bout d'une longue rangée de petites maisons. Il n'y avait pas de jardin devant, sa porte d'entrée se trouvait directement sur le trottoir. Madame Frank a sonné à la porte, et une grosse dame avec une robe très colorée nous a ouvert.

– Bonjour, entrez! nous a-t-elle lancé. Je m'appelle Sandy.

Madame Frank a annoncé qu'elle ne pouvait pas rester. Elle nous a dit au revoir et est repartie vers sa voiture. Nous sommes tous rentrés et Sandy nous a guidés dans un long et étroit couloir. Les murs étaient couverts de photos d'enfants alignées en rangées.

– Est-ce que ce sont tous vos enfants? lui ai-je demandé.

– Ce sont les enfants que j'ai accueillis, m'a-t-elle répondu avec un sourire.

– Mais où est-ce qu'ils dorment tous? ai-je demandé.

J'ai jeté un coup d'œil dans son minuscule salon. Comment pouvaient-ils tous entrer dans cette pièce pour regarder la télévision?

– Oh, ils ne vivent plus ici, m'a expliqué Sandy en riant. Ça fait très longtemps que j'accueille des enfants. Plus de trente ans. La plupart des enfants sur ces photos sont maintenant adultes. Certains ont eux-mêmes des enfants.

Nous sommes arrivés dans la cuisine. Elle était en désordre. Un peu partout, il y avait des saladiers, des cuillères, des paquets de sucre et de farine, des coquilles d'œufs. Et plein de petits gâteaux qui sentaient délicieusement bon étaient posés sur une grille, à côté du four.

– J'avais un peu de temps libre avant votre arrivée, a fait Sandy. Vous aimez les gâteaux, j'espère?

Jamie a souri et lui a répondu:

– Ben non... On a horreur de ça.

Sandy a fait une petite grimace triste.

– Oh, quel dommage. Tant pis pour mon régime, alors...

– Oh, ne vous inquiétez pas, moi, je vais les manger! lui ai-je assuré.

Vicky s'est mise à rire et m'a dit:

– Tu ne peux pas les manger tous, Nana!

– Merci, Rhianna, a ajouté Sandy. Si tu veux, tu peux m'aider à les couvrir de glaçage.

Les gâteaux étaient délicieux, et nous en avons mangé trois chacun.

Nous sommes retournés à l'école le lendemain. J'étais vraiment contente de revoir Maxine. Sa maman lui avait fait des petites nattes avec des perles, et elle était vraiment jolie. Je lui ai montré le petit pingouin qu'Élisabeth m'avait donné et je lui ai permis de le caresser pour qu'il lui porte chance. Ça marché, parce que madame Édouard nous a laissés faire de la pâte à modeler tout l'après-midi. Nous avons fait de longs serpents en étirant des morceaux de pâte à modeler, que nous avons ensuite enroulés sur eux-mêmes pour former de petits pots.

Charlène Jackson sort avec Matt la patate, maintenant. Vicky a dit qu'ils allaient bien ensemble. Elle ne l'aime plus, elle aime Daniel. Ils s'envoient des messages textes. Depuis hier, son téléphone cellulaire n'a plus de crédit, alors elle l'a appelé depuis le téléphone de Sandy. Ils ont parlé pendant des heures et des heures, et puis Sandy a fini par dire à Vicky de raccrocher avant d'user son téléphone.

Vicky a raccroché, mais ça s'est tout de suite mis à sonner. Elle a dit qu'elle allait répondre, parce que c'était sûrement Daniel qui la rappelait, mais ce n'était pas lui. C'était madame Frank. Elle a expliqué à Vicky que la réunion allait se dérouler le lendemain, dans son bureau.

Elle a précisé à Vicky qu'il y aurait des gens très importants, à cette réunion, et que nous allions donc devoir nous conduire parfaitement bien. J'aurais préféré aller manger au McDonald's.

Vicky lui a demandé si nous rentrerions à la maison avec papa après la réunion, et madame Frank lui a répondu que ce sujet était très complexe. Elle emploie toujours des mots comme ça. Je crois bien qu'elle les invente, pour qu'on ne comprenne pas de quoi elle parle. J'ai demandé à Vicky ce que madame Frank avait voulu dire, mais elle s'est mise en colère et a rétorqué que je ne devais pas me faire trop d'espoirs. Jamie a répliqué qu'on ne devait pas s'inquiéter. S'ils ne nous laissaient pas retourner avec papa, il leur donnerait une raclée, et il se moquait bien que ce soient des gens importants. Vicky ne s'est même pas donné la peine de le chicaner.

Elle a été de mauvaise humeur toute la soirée, et elle a recommencé à se ronger les ongles. Elle les a rongés jusqu'à la peau rose et elle s'est même fait saigner le petit doigt.

Chapitre 44

Cette nuit-là a été la plus longue de ma vie. Sandy nous avait conseillé de nous coucher de bonne heure pour être en forme pour la réunion, alors nous sommes tous allés au lit à neuf heures. Nana s'est endormie rapidement, convaincue qu'elle retournerait vivre avec papa le lendemain, mais je suis restée allongée à écouter les bruits de la nuit, incapable de me détendre.

Mon esprit était obsédé par des soucis qui tournaient sans cesse, partaient d'un côté, puis de l'autre. Quand il s'était enfui, papa s'était attiré de gros problèmes. Avait-il gâché toutes ses chances de s'occuper de nous quand il serait sorti de prison ? Je l'ignorais. Les travailleurs sociaux étaient censés tout faire pour ne pas séparer les familles, n'est-ce pas ? J'ai soupiré. Je crois bien que madame Frank n'avait jamais dit une seule chose positive sur papa.

Je me suis retournée, essayant d'ignorer mes pensées négatives et de me concentrer sur les bonnes choses. Nous, ensemble de nouveau. Après tout, c'est tout ce que nous voulions. Tout ce dont nous avions besoin. Aucun de nous ne voulait qu'on nous sépare – et c'était notre droit, de rester ensemble ! Ce n'était pas trop demander, n'est-ce pas ? Nous ne demandions tout de même pas la lune !

J'ai regardé le réveil. Il était quatre heures du matin. Tout était tranquille, sauf mon esprit. Mon esprit qui me rendait dingue. Qui ne voulait pas se taire. Ça devenait franchement insupportable, sauf que j'ai dû enfin m'endormir, parce que je me suis retrouvée tout à coup dans notre grotte... avec madame Frank. Dans mon rêve, elle était habillée en sorcière, avec un nez pointu, la peau verte et tout. Elle se penchait au-dessus d'un chaudron, dans lequel elle mélangeait une potion qui sentait atrocement mauvais. J'ai essayé de lui demander de nous aider, mais elle a poussé un affreux gloussement en lançant des brindilles tordues dans son chaudron fumant. Puis, soulagée, j'ai entendu la voix de Nana, sortie de nulle part, m'appeler. J'ai ouvert les yeux et j'ai vu son visage rond qui me fixait.

— Vicky, viens vite ! Réveille-toi ! Sandy dit qu'on doit se préparer. On part bientôt !

Elle s'est tournée vers son lit et a attrapé son petit pingouin, sur son oreiller, qu'elle a mis dans sa poche, pour qu'il nous porte chance, m'a-t-elle affirmé.

Il était huit heures. La réunion était à neuf heures et quart. J'ai sauté du lit et j'ai enfilé mes vêtements. En bas, Jamie, déjà habillé, était en train de lacer ses chaussures de sport.

Sandy nous a accompagnés en bus jusqu'au bureau de madame Frank. Le trajet a semblé interminable. Il y avait des embouteillages partout et il pleuvait à verse, mais Nana n'a pas eu l'air de s'en rendre compte. Elle racontait avec animation à Sandy que nous allions tous retourner vivre avec papa et faire pousser des légumes, et qu'elle aurait un lapin apprivoisé, ou peut-être même dix lapins apprivoisés… J'ai jeté un coup d'œil à Jamie. Il était complètement immobile et son visage avait pris la couleur du béton. Ses gros sourcils étaient froncés par la colère. Il n'avait quasiment pas dit un mot de la matinée. Aucun de nous n'avait déjeuné.

Le bus a fait un arrêt. Sandy nous a appelés doucement et nous sommes descendus. Nous avons suivi un trottoir mouillé, puis avons monté un escalier pour entrer dans un bâtiment tout en verre. J'ai pris une grande inspiration. On y était. C'était l'endroit où notre futur allait se décider.

À l'intérieur, la réceptionniste nous a conduits vers une salle d'attente. Nous avons eu l'impression de rester assis là pendant au moins un siècle, même si ça n'a pas dû durer plus de quinze minutes. Enfin, un homme en costume gris à l'air sévère est arrivé et nous a demandé de le suivre. Sandy nous a lancé un petit sourire plein d'espoir et nous a souhaité bonne chance.

Chapitre 45

L'homme nous a menés jusqu'au bureau de madame Frank. Il faisait froid et ça sentait le champignon. Il y avait un papier peint gris à rayures sur les murs et un grand tableau blanc sur lequel on aurait pu dessiner, mais personne ne l'avait fait. Le mur du fond était couvert de tablettes du sol au plafond, qui croulaient sous des livres et des dossiers et des piles de papiers. Devant la fenêtre, il y avait un bureau, sur lequel se trouvait un téléphone. Madame Frank était assise derrière son bureau. Elle portait un tailleur noir aux boutons argentés, avec de longues manches et un col si haut qu'on aurait dit qu'il allait l'étrangler. Elle ne nous a pas souri, pas une seule fois. Elle nous a dit de nous asseoir, en faisant un geste de sa main osseuse pour nous indiquer des chaises.

Près d'elle, il y avait un homme à lunettes, avec des cheveux gris attachés en queue de cheval, et une femme avec de grandes dents en avant, qui n'arrêtait pas de nous sourire.

L'homme était en train de consulter des papiers, sur ses genoux.

– Où est papa ? ai-je demandé.

L'homme a levé la tête et m'a regardée par-dessus ses lunettes. La femme aux grandes dents s'est tournée vers madame Frank et elles ont chuchoté des choses.

– Ton père ne viendra pas aujourd'hui, Rhianna, m'a dit la femme très lentement, et en parlant très fort, avec un sourire encore plus large.

– Ce n'est pas la peine de lui parler comme si elle était stupide ! a grogné Jamie.

La femme a rangé ses grandes dents dans sa bouche. Vicky a dit à Jamie de se taire, alors Jamie lui a donné un coup d'épaule et a manqué de la faire tomber par terre. J'ai regardé madame Frank. Elle était en train de lire les papiers posés devant elle. Ses ongles étaient noirs et brillants.

– Jamie a un peu de mal à gérer sa colère, a-t-elle affirmé, sans lever la tête.

L'homme à la queue de cheval a hoché la tête, mais la femme aux grandes dents ne souriait plus.

– Cette réunion a simplement pour but de nous permettre, à mes collègues et à moi-même, d'évaluer où il vaudrait mieux vous placer, dans le futur, nous a dit madame Frank.

La femme aux grandes dents a ajouté qu'il fallait commencer rapidement, parce qu'elle avait une autre réunion importante dans une demi-heure.

L'homme à la queue de cheval a commencé à nous poser plein de questions, sur les endroits où nous étions allés et ce que nous avions fait quand nous nous étions enfuis. C'est Vicky qui répondait à presque toutes les questions, sauf quand Jamie mettait son grain de sel et disait des grossièretés. Puis ils m'ont demandé comment nous vivions, avec papa, après la mort de maman.

— C'était super, ai-je répondu.

— Qu'est-ce qui était super? a insisté l'homme à la queue de cheval en me regardant par-dessus ses lunettes.

J'ai réfléchi une minute.

— Nous mangions des rôties à la confiture tous les soirs pour le souper. Ou des nouilles instantanées. Et on n'était pas obligés de prendre un bain ou de se laver les dents ou de se brosser les cheveux.

Vicky a commencé à dire quelque chose, mais l'homme l'a arrêtée et lui a expliqué qu'il voulait vraiment entendre mon point de vue.

— Continue, m'a-t-il encouragée.

— Et puis on se couchait vraiment tard.

– Votre père vous permettait de faire tout ça?

J'ai hoché la tête.

– Ça ne le dérangeait pas.

– Et, à ton avis, pourquoi est-ce que ça ne le dérangeait pas?

– Parce qu'il dormait déjà. Il buvait toute une bouteille, et ensuite il se mettait à ronfler.

Madame Frank a claqué sa langue contre ses dents, puis elle a chuchoté quelque chose à l'homme à la queue de cheval. L'autre dame prenait des notes. J'ai commencé à leur raconter le jour où les hommes étaient venus reprendre tous les meubles et comme c'était amusant de dormir sur le tapis au lieu d'un lit, mais je crois qu'ils ne m'écoutaient pas beaucoup, parce qu'ils n'arrêtaient pas de se parler les uns aux autres en chuchotant.

Puis madame Frank a levé la main et m'a dit:

– Merci, Rhianna. Tu nous as beaucoup aidés.

Elle a regardé les deux autres, puis a ajouté:

– Je ne crois pas qu'il nous faudra longtemps pour prendre une décision.

L'homme a hoché la tête. La dame a recommencé à sourire. Ses grandes dents étaient pleines de plombages noirs.

– Bon, les enfants, si vous voulez bien retourner un peu dans la salle d'attente...

– Comme je vous ai aidés, on va pouvoir retourner vivre avec papa? ai-je demandé à madame Frank, qui était en train de bouger des papiers sur son bureau.

– Dites à Sandy que ça ne prendra que quelques minutes, m'a-t-elle seulement répondu.

Jamie s'est levé d'un bond en renversant sa chaise.

– On ne va nulle part tant que vous ne nous aurez pas annoncé qu'on peut vivre avec notre père.

– Ramasse ta chaise en sortant, s'il te plaît, Jamie, a dit madame Frank.

Vicky s'est avancée.

– Jamie a raison, a-t-elle fait d'une voix tremblante. Nous n'allons nulle part.

– Et, si vous prétendez qu'on ne peut pas vivre avec papa, je vous donne une raclée!

– Ouais! ai-je crié. Et puis, si vous nous faites vivre ailleurs, on va s'enfuir encore!

Je me suis tournée vers Vicky.

– Hein, Vicky, on va s'enfuir encore?

Chapitre 46

Madame Frank a serré les lèvres et plissé les yeux. J'ai regardé les visages furieux et impatients de Jamie et de Nana, et j'ai secoué lentement la tête.

— Non. Je ne veux plus m'enfuir.

— Vicky ! ont rugi Jamie et Nana, ébahis, leurs yeux s'élargissant.

— Mais on veut vivre avec papa ! a dit Rhianna.

— Ce n'est pas en nous enfuyant qu'on va obtenir ça, Nana, lui ai-je répondu calmement. Ça ne va rien résoudre.

La femme pleine de dents a regardé sa montre.

— Malheureusement, j'ai une autre réunion. Si vous voulez bien nous laisser finir notre discussion...

— S'il vous plaît... Attendez ! ai-je supplié, désespérée. C'est de nos vies qu'il s'agit...

Elle a jeté un coup d'œil à madame Frank, ne sachant pas trop si elle devait m'ignorer.

— Nous allons choisir ce qu'il y a de mieux pour vous, en gardant votre intérêt en tête, m'a répondu madame Frank d'un ton ferme. Maintenant, si vous voulez bien aller attendre quelques minutes à côté, nous allons prendre notre décision.

L'homme à la queue de cheval et la dame aux grandes dents ont tous les deux hoché la tête d'un air solennel.

— Vous allez nous séparer, n'est-ce pas ?

Ma voix sonnait d'une façon étrange, comme si ce n'était pas la mienne.

— Nous allons devoir tenir compte de tous les facteurs pertinents, a répliqué l'homme.

— Mais vous ne connaissez même pas notre père ! ai-je balbutié.

— Nous savons ce qui s'est passé à la mort de votre mère.

— Justement ! ai-je continué, le visage rouge et brûlant. Notre mère *venait de mourir* ! Elle avait été très malade et elle venait de mourir, et c'était triste et horrible. Mais il n'y avait pas que pour nous que c'était atroce. Papa aussi a été complètement dévasté ! Il souffrait tellement qu'il n'a pas réussi à s'occuper de nous pour un temps.

Madame Frank a froncé les sourcils.

— Nous savons tout cela, Vicky, mais...

— Mais vous ne savez *que* cela ! l'ai-je interrompue. Vous savez ce que papa a fait *après* la mort de maman, mais vous ne savez pas du tout comment il était avant. Vous n'avez absolument aucune idée de quel genre de père il est, en réalité.

Il y a eu un silence. J'ai scruté leurs visages, à la recherche d'une réaction positive, et je sentais mon cœur cogner dans ma poitrine, comme s'il allait exploser à tout moment.

— D'accord. Racontez-nous, alors..., a dit madame Frank doucement, au bout d'un moment. Racontez-nous comment était votre père avant la mort de votre mère.

Tous ces souvenirs merveilleux que je m'étais efforcée d'oublier pendant les deux dernières années sont remontés d'un coup, en se bousculant et tournoyant dans mon esprit comme des formes dans un kaléidoscope.

Je nous ai revus tous ensemble, quatre ans plus tôt, dans un parc municipal que nous avions visité, j'ai entendu nos rires excités pendant que nous suivions papa, tous allongés sur un gazon en pente, en train de rouler et rouler vers maman, en bas, qui rigolait comme une écolière.

Dans notre petite cuisine, j'ai senti la riche sauce tomate qui bouillonnait sur la cuisinière, et nous observions papa qui prenait un air concentré pour attraper un long spaghetti dans une autre casserole en le coinçant entre les dents d'une fourchette, avant de le faire gigoter dans tous les sens comme s'il était vivant et de donner un coup de dent dedans pour vérifier s'il était cuit.

Dans notre rue, je me suis vue, toute petite, sur mon vélo rose. J'ai senti le vent balayer mon visage et la joie m'envahir tandis que papa lâchait ma selle et me courait après sur le trottoir en criant : « Continue, Vicky !

Continue ! », sachant très bien qu'il était là, tout près, si je tombais.

Et puis, l'un de mes premiers souvenirs... Je descendais notre escalier dans le noir, en pleurant, parce que j'avais fait un mauvais rêve. Je sentais l'odeur de notre sapin de Noël et, en bas, je suis tombée sur papa et maman en train de rire tous les deux en emballant des cadeaux dans le salon. J'ai senti la laine rêche de son cardigan bleu contre ma joue pendant qu'il me ramenait dans mon lit, pelotonnée dans ses bras, et qu'il me murmurait tendrement que tout allait bien aller.

J'ai senti une vague de bonheur m'envahir. Mais par où commencer ? Comment allais-je pouvoir expliquer notre merveilleux, drôle et gentil papa en seulement quelques phrases ? J'ai regardé Nana et Jamie, j'ai vu leur expression intense et sérieuse. La dame aux grandes dents a jeté un petit regard en coin à sa montre et s'est agitée sur sa chaise, et j'ai immédiatement su.

— La chose la plus importante à savoir, sur notre père, c'est qu'il s'est toujours arrangé pour avoir du temps à nous consacrer. Il travaillait vraiment beaucoup, mais, quand il rentrait à la maison, même s'il était fatigué ou occupé, ou qu'il avait des tonnes d'autres choses à faire, il trouvait toujours le temps de nous écouter, ou de nous raconter des trucs, ou tout simplement de jouer avec nous.

— C'est vrai, m'a interrompue Jamie. Tous les samedis, il nous emmenait au parc et on jouait au soccer, ou à tout ce qu'on voulait.

— Et, quand on allait se coucher, il nous lisait toujours une histoire chacun, a ajouté Nana. Je voulais toujours qu'il me lise la même. C'était une histoire géniale sur trois petits enfants qui vivaient plein d'aventures.

Un autre souvenir m'est venu à l'esprit.

— Oh, vous vous rappelez la fois où Jamie avait laissé la porte de la cage de son hamster ouverte ? ai-je demandé à Jamie et à Nana, qui se sont immédiatement mis à sourire en hochant la tête. Jamie est descendu en hurlant que Moustache s'était échappé, ai-je continué. Il était tellement malheureux que nous avons regardé partout, mettant la maison sens dessus dessous… Puis, maman a dit qu'elle avait entendu un grattement dans la salle de bain. Papa a vérifié et a repéré un petit trou dans un coin de la pièce. Alors il a arraché les moulures du bas du mur ; il y a passé la soirée. Il était de plus en plus sale et il avait de plus en plus chaud, mais il n'arrêtait pas de dire à Jamie : « Ne t'inquiète pas, on va retrouver Moustache, tu vas voir. » Il a fini par dire qu'il voyait quelque chose, dans le coin, près des tuyaux, alors Jamie est allé chercher la cage pour faire rentrer Moustache, et papa a tendu le bras et a fouillé dans le trou, et en a sorti une vieille chaussette toute moisie, qui croupissait là depuis Dieu sait quand ! Tout à coup, les copeaux de bois dans la cage se sont mis à gigoter, et Moustache a sorti sa tête et nous a regardés comme pour nous dire : « Vous pourriez faire moins de bruit ? » Il n'était jamais sorti de sa cage, dans laquelle il dormait tranquillement ! Et papa a regardé maman, et toutes les moulures qu'il avait arrachées et le bazar qu'il avait fait, et nous pensions qu'il allait exploser, mais non… Il a juste dit : « Bon, voilà, on sait où il est. Désolé de t'avoir dérangé, Moustache. » Et puis il s'est mis à rire. Il était tellement patient… Même quand on faisait des bêtises.

— Quand j'étais petite, j'ai sorti tous les œufs du réfrigérateur et je les ai mis dans ses bottes en caoutchouc, a ajouté Nana.

— J'avais fait un zoo d'insectes dans sa boîte à lunch, a raconté Jamie en rigolant. Papa a dit qu'il avait fait un bond de trois mètres quand il l'avait ouverte, parce que des scarabées s'étaient envolés vers son visage. Mais il ne m'avait même pas grondé quand il était rentré à la maison.

— Je crois que je ne l'ai vu vraiment fâché qu'une seule fois, ai-je poursuivi. Et ce n'était pas contre nous. Nana et moi venions de commencer le primaire, et ils ne voulaient pas la laisser prendre des cours de natation. Pour des raisons de sécurité, ou une autre bêtise du genre. Papa était furieux et il est allé rencontrer le directeur de l'école. Quand il est revenu, il n'a rien dit, mais, ce soir-là, il a attrapé le maillot de bain et la serviette de Nana, et il lui a dit qu'ils s'en allaient tous les deux à la piscine. Il l'y a emmenée tous les lundis et jeudis soir pendant un an, et il lui a appris à nager lui-même. Cette année-là, l'école a organisé une compétition de natation, et il s'est assuré que Nana était bien inscrite...

— Et j'ai gagné trois courses ! s'est écriée Nana.

Quelqu'un a frappé à la porte. Elle s'est ouverte et l'homme en costume gris a passé la tête.

— Madame Fontelle, tout le monde vous attend.

La dame aux grandes dents lui a lancé un regard flou.

— Je suis à vous dans un moment, a-t-elle répondu.

L'homme a hoché la tête, puis est reparti.

Madame Frank a regardé sa montre, puis s'est tournée vers nous.

— Allez retrouver Sandy, tous les trois, nous a-t-elle dit en nous montrant la porte.

— Mais nous n'avons pas fini, ai-je protesté. On a beaucoup d'autres choses à vous raconter !

Madame Frank m'a ignorée.

— Elle est dans la salle d'attente, a-t-elle ajouté. Je vous rejoins dans peu de temps.

Nous ne pouvions rien faire de plus. Nous sommes repartis et, quand Sandy a vu nos expressions sombres, son sourire s'est évanoui.

Rhianna s'est mise à pleurer et Jamie a fait tout ce qu'il pouvait pour qu'on ne voie pas que lui aussi était sur le point de fondre en sanglots.

Moi, je me sentais juste vide, à l'intérieur. Trop vide pour pleurer.

Chapitre 47

Sandy a passé ses bras autour de moi et m'a serrée fort, fort.

— Qu'est-ce qui s'est passé? a-t-elle demandé à Vicky.

Vicky ne lui a pas répondu. Elle a juste secoué la tête et est allée s'asseoir dans le coin. Elle a remonté ses genoux contre sa poitrine et les a entourés de ses bras.

— Ils nous ont dit d'attendre ici, ai-je rétorqué à sa place.

— Ils ne veulent pas qu'on vive avec papa, a ajouté Jamie, avant d'éclater en sanglots.

— Oh, je suis désolée. Tellement, tellement désolée! s'est exclamée Sandy.

– Est-ce qu'ils vont m'envoyer dans cette nouvelle école, maintenant? lui ai-je demandé.

– Je ne sais pas, Rhianna, m'a-t-elle répondu, avant de se mordre la lèvre.

– Ils ne peuvent pas me forcer à y aller, n'est-ce pas? Si je ne veux pas y aller, ils ne peuvent pas me forcer?

J'ai regardé Vicky.

– Vicky, dis-moi qu'ils ne peuvent pas me forcer.

Mais Vicky n'a rien dit. Personne n'a rien dit.

Nous sommes restés là, à attendre, et attendre. Au bout d'une éternité, la porte s'est ouverte. Jamie s'est essuyé le visage du dos de la main. Vicky a levé la tête. Son visage était très pâle, et ses yeux tout écarquillés. Madame Frank est entrée dans la salle d'attente.

Chapitre 48

J'ai inspecté son visage pour y trouver des indices de ce qui allait nous arriver, mais elle évitait nos regards, les yeux baissés sur les papiers qu'elle tenait à la main.

— Mes collègues et moi avons discuté de la situation, en tenant compte de tout ce que vous venez de nous raconter. Et nous avons examiné attentivement le rapport de prison de votre père.

Elle a levé les yeux. Son visage était sérieux, et même sévère. J'ai serré les poings et me suis préparée au pire.

— À part son évasion, il a été un prisonnier modèle.

Elle a fait une pause.

— Nous avons décidé de lui donner une deuxième chance, a-t-elle dit d'une voix posée. Nous allons émettre la recommandation que vous retourniez sous sa garde.

Secouée, j'ai mis une seconde à vraiment comprendre ce qu'elle était en train de nous dire.

— Mais, a-t-elle continué, c'est pour une période d'essai, et sous surveillance très serrée...

Rhianna m'a regardée pour que je lui explique. Bondissant de joie, j'ai hurlé :

— On va aller vivre avec papa !

Jamie a explosé :

— OUAAAAAIIIIS ! !

Nana s'est mise à crier de joie. Jamie sautait partout dans la pièce en poussant des acclamations et en se jetant contre les murs. Sandy s'est mise à rire et a serré Nana dans ses bras.

Madame Frank nous regardait avec un petit sourire étonné.

— Merci du fond du cœur, madame Frank, lui ai-je dit d'un ton joyeux.

Elle s'est tournée vers moi.

— Ne faites pas de bêtises, Vicky ; c'est un essai, avec votre père.

— Non, nous ne ferons pas de bêtises.

Elle m'a tapoté le bras de sa longue main osseuse, puis elle est sortie rapidement, sans rien ajouter.

Chapitre 49

Des jours et des jours sont passés, mais, finalement, nous avons reçu la lettre qui disait que nous avions réellement le droit de vivre avec papa. Sandy l'a lue, puis m'a expliqué. Je voulais aller préparer mes affaires immédiatement, mais Sandy m'a dit que c'était trop tôt. Nous partions seulement deux semaines plus tard, alors nous devions aller à l'école, comme d'habitude.

À l'école, j'ai raconté à toute la classe d'éducation spécialisée que nous allions vivre avec papa. Madame Édouard a déclaré que c'était une merveilleuse nouvelle et qu'elle était très heureuse pour moi. Elle m'a dit que je pouvais faire un dessin de papa, Vicky, Jamie et moi dans notre nouvelle maison, alors je nous ai dessinés debout devant une petite maison blanche avec de belles roses rouges tout autour de la porte. Ensuite, j'ai dessiné un jardin plein de légumes et d'arbres, et six poulets en train de picorer des graines au sol, et puis deux lapins apprivoisés qui couraient dans l'herbe. De l'autre côté de notre maison, j'ai dessiné un grand lac tout bleu avec une petite île au milieu. Et, pour finir, j'ai dessiné les esprits de maman et de Roger sur l'île, avec les crayons spéciaux doré et argenté de madame Édouard. J'ai ajouté de la colle à paillettes tout autour d'eux. J'ai dessiné maman avec un bras levé, parce qu'elle nous faisait bonjour de la main. Quand j'ai terminé mon dessin, c'était déjà la récréation. Madame Édouard m'a dit que c'était le plus beau dessin que j'avais jamais fait, et elle l'a accroché au mur.

À la récréation, Maxine et moi étions en train de marcher dans le couloir, quand nous avons vu Charlène Jackson. Elle se tenait près du babillard, les bras autour du cou de Matt la patate.

Quand nous sommes passées près d'eux, elle m'a lancé :

– Qu'est-ce que tu regardes, neurone mou ?

Elle m'a jeté un regard méchant, mais je me suis arrêtée et je l'ai regardée bien en face.

– Ne me traite pas de neurone mou, ai-je répliqué.

Je n'avais plus peur d'elle. En fait, voulez-vous que je vous dise, j'étais seulement fâchée. Elle m'avait tapé sur les nerfs.

J'ai marché droit sur elle. Elle avait plein de boutons sous son maquillage orange.

— Ne me traite pas de neurone mou, ai-je répété.

Elle a fait un pas en arrière et a un peu chancelé sur ses talons.

— C'était juste une blague..., a-t-elle prétendu.

Matt la patate m'a souri. Charlène s'est tournée vers lui.

— Qu'est-ce qui te prend? lui a-t-elle dit.

— Rien, lui a-t-il rétorqué, mais il a arrêté de sourire tout de suite.

En rentrant avec Vicky, après l'école, je lui ai raconté ce qui s'était passé et elle a ri.

— Ce n'est pas drôle, ai-je protesté. Charlène Jackson fait de l'intimidation.

— Je parie qu'elle ne va plus essayer de t'intimider, maintenant, m'a répondu Vicky.

— Elle ferait mieux de ne plus embêter Maxine non plus, ai-je dit.

Pendant la fin de semaine, Sandy nous a emmenés voir Paul et Sarah. Sarah était rentrée de l'hôpital. Quand nous sommes arrivés, Paul n'arrêtait pas de sourire, et il nous a dit de venir voir le nouveau membre de la famille. Je n'ai pas compris ce qu'il voulait dire, mais nous l'avons suivi à l'étage, jusqu'à mon ancienne chambre avec les petits canards et les petits lapins sur les rideaux. Sarah était debout près d'un lit en bois et elle souriait, elle aussi. Elle tenait dans ses bras une minuscule poupée enveloppée dans une couverture blanche toute douce. Sauf que ce n'était pas une poupée. C'était un bébé. Un vrai bébé, vivant et tout.

– Elle s'appelle Géraldine, a dit Paul en lui caressant la tête du bout du doigt. Est-ce que ce n'est pas le plus beau bébé du monde ?

Je l'ai bien regardée, mais je ne l'ai pas vraiment trouvée très belle. Elle ne ressemblait pas du tout à bébé Emma avant que je lui arrache les yeux. Elle avait plein de touffes de cheveux sur les côtés de la tête, mais pas du tout sur le dessus, et elle est devenue toute rouge et plissée quand elle s'est mise à pleurer. Mais Vicky a dit que c'était la plus magnifique petite fille qu'elle ait jamais vue, alors je l'ai regardée de nouveau. Puis j'ai avancé mon doigt et Géraldine l'a attrapé et l'a serré pendant une éternité, mais ça ne me dérangeait pas, parce qu'elle avait la main toute soyeuse et potelée.

Sarah nous a laissées, Vicky et moi, la prendre dans nos bras. Elle nous a montré comment la tenir correctement pour ne pas la faire tomber et pour qu'elle soit confortable. Paul et Sarah n'arrêtaient pas de sourire et c'était merveilleux de les voir heureux comme ça, même s'il n'y avait plus aucune place pour s'asseoir à cause de toutes les affaires de bébé partout.

– Nous allons retourner vivre avec papa, leur ai-je dit.

— C'est fantastique ! a répondu Paul. Mais vous allez drôlement nous manquer...

— Est-ce que tu voudrais qu'on t'offre une nouvelle poupée ? m'a demandé Sarah.

Je lui avais raconté ce qui était arrivé à bébé Emma, au lac, et elle était désolée pour moi. Elle savait que j'avais Emma depuis que j'étais toute petite.

— Non, merci, lui ai-je répondu. Je crois bien que je suis trop vieille pour les poupées, maintenant. Je ne crois même plus au père Noël, ni que madame Frank est une sorcière, d'ailleurs.

J'ai réfléchi une seconde.

— Mais j'aime tout de même les petits pingouins en porcelaine qui portent chance. Je ne suis pas trop vieille pour ça.

— On pourrait peut-être t'en offrir un, alors ? m'a proposé Paul avec un sourire.

— Ce n'est pas la peine, lui ai-je expliqué en sortant de ma poche le petit pingouin qu'Élisabeth m'avait donné. J'en ai déjà un. Et il porte vraiment, vraiment chance.

Je leur ai parlé d'Élisabeth et de sa grande maison sinistre, et de comment elle nous avait sauvés des chiens, dans son jardin.

— Un jour, on va retourner la voir. Sa maison est sur le chemin pour aller chez Daniel.

– Et qui est Daniel? a demandé Sarah.

Vicky est devenue rouge vif.

– C'est le petit ami de Vicky, ai-je répondu en gloussant.

– Mais non! a fait Vicky très fort, mais elle avait le regard tout brillant et un grand sourire.

Chapitre 50

— Vicky ?

En entendant la voix de Daniel, j'ai senti une colonie de papillons s'envoler dans mon ventre.

— Comment ça va ? m'a-t-il demandé.

J'entendais Japou aboyer derrière lui, et j'ai regretté qu'ils ne soient pas tous les deux ici avec moi, là, tout de suite, au lieu d'être si loin, à l'autre bout de ces interminables ondes téléphoniques.

— Samedi, nous retournons vivre avec papa, lui ai-je appris.

— Enfin... Tu dois avoir vraiment hâte !

— Sandy est adorable, mais tu as raison. Nous sommes tous vraiment excités. Et ça fait déjà une semaine que Nana a préparé ses valises.

Daniel s'est mis à rire.

Puis il a dit quelque chose que je n'aurais jamais pensé entendre un jour.

— Vicky, euh... moi aussi, j'ai une nouvelle à t'annoncer. Je suis retourné à l'école.

— Vraiment ?

— Mes parents ont tout organisé et j'y suis allé hier, m'a-t-il expliqué avant de rire de nouveau. J'ai bien failli repartir immédiatement, mais je suis content de ne pas l'avoir fait.

— Comment se fait-il que tu sois retourné à l'école, Daniel ? Qu'est-ce qui t'a fait changer d'avis ?

Il y a eu un silence. Qu'est-ce qui a bien pu se passer ? me suis-je demandé.

— C'est cette fille que j'ai rencontrée...

— Oh.

J'ai senti une pointe de jalousie me percer le cœur, et tous mes rêves et espoirs se sont envolés.

— Vicky ? Tu es là ?

— Euh, oui... Bien sûr, ai-je répondu en me forçant à avoir l'air joyeuse. Donc, euh... tu... tu as rencontré une fille ? C'est super, euh... oui, super. Et c'est, euh... Elle, euh...

Je n'arrivais pas à finir une phrase.

— Elle s'appelle Vicky..., a-t-il ajouté.

Rougissant comme une tomate, j'ai lancé mon bras en l'air en faisant une petite danse de victoire. Une chance qu'il ne pouvait pas me voir !

— Mais… Je ne t'ai jamais dit de retourner à l'école.

— Non, mais tu m'as fait réfléchir à bien des choses. Tu m'as aidé à affronter ce que j'évitais jusque-là.

— Alors, ce premier jour ? Comment ça s'est passé ?

— C'était pas mal. Aussi bien que peut l'être un lundi pluvieux dans lequel on a deux heures de cours de maths suivies de deux heures de cours de français. Ça m'a fait drôle de me retrouver au milieu de tant de gens. Je vais sûrement m'habituer.

— Et les autres élèves ?

— Je m'entends bien avec quelques gars. Nous avons joué ensemble au soccer à la récréation. Ils ont l'air sympa.

Il a hésité une seconde avant de continuer :

— Et, si quelqu'un se moque de moi, je crois que je ne me laisserai pas faire, cette fois.

J'ai repensé à ce dernier jour, au lac, quand j'avais failli me noyer. Il avait gardé son calme. Je me suis rappelé l'expression de son visage quand il avait rendu le téléphone à la fille et lui avait ordonné de disparaître.

— Tout va bien aller, Dan. J'en suis convaincue.

— Au fait, je suis retourné à la grotte, m'a-t-il annoncé. Et j'ai trouvé quelque chose, par terre.

— Quoi donc ? lui ai-je demandé.

— C'est une surprise. Dès que tu connaîtras ta nouvelle adresse, donne-la-moi, et je t'enverrai ce que j'ai trouvé.

— D'accord, merci.

Je me suis dit que c'était peut-être une des poupées Barbie de Nana, ou bien la carte que nous avions achetée.

— Tu me manques terriblement, Vicky, m'a-t-il confié tout à coup.

Les papillons, dans mon estomac, se sont mis à faire des sauts périlleux et des figures acrobatiques. Si j'avais été Rosie, j'aurais pu répondre instantanément quelque chose de brillant, intelligent et amusant. Mais je ne suis que moi, alors le mieux était encore de dire la vérité.

— Tu me manques aussi.

— Viens passer les vacances ici, m'a-t-il supplié d'un ton pressant. C'est bientôt. J'ai déjà demandé à mes parents. Ils sont d'accord. Ils veulent bien te prêter notre grande tente familiale et des lits de camp, et puis... ils veulent bien que vous veniez tous passer la semaine ici.

Il a fait une pause, avant d'ajouter :

— Enfin, si... Euh... Si tu en as envie, bien sûr...

— Daniel, j'en meurs d'envie.

Le lendemain, à l'école, j'ai parlé de Daniel à Rosie.

— Hum, m'a-t-elle dit, je me doutais bien que tu me dissimulais une liaison romantique.

Elle s'est penchée vers moi.

— Alors, il est comment ? Tu t'es vraiment entichée de lui, n'est-ce pas ?

— « Entichée », Rosie ? *Entichée ?* Mais avec qui as-tu traîné, pendant que je n'étais pas là ? me suis-je moquée.

— « S'enticher », ça existe, oui ! Tu sauras que...

— Allez, viens, l'ai-je interrompue en l'attrapant par le bras. Viens, on va s'asseoir sur le banc. Je vais te parler de Daniel.

Nous nous sommes assises sous le grand chêne et avons regardé les élèves plus jeunes se courir après comme des chiots. De l'autre côté de la cour, j'ai vu Nana et Maxine s'amuser ensemble et rire sous le soleil.

— Et puis, je veux aussi te dire un truc au sujet de mon père, ai-je ajouté. C'était un secret, mais plus maintenant.

Chapitre 51

Vicky m'a expliqué que les gens de la prison s'étaient arrangés pour qu'on aille vivre avec papa dans un appartement, de l'autre côté de la ville.

– Mais je ne veux pas aller vivre dans un appartement de l'autre côté de la ville, ai-je rétorqué. Je veux aller vivre dans une petite maison, près de chez Daniel, avec un grand jardin. Et je veux qu'on ait des poulets et des lapins et qu'on fasse pousser des légumes avec papa.

– On ne peut pas, Nana, m'a-t-elle répondu. Papa a dit qu'on était déjà très chanceux d'avoir cet appartement.

– D'accord, c'est vrai. Mais peut-être qu'un jour on pourra ?

– Peut-être, a-t-elle acquiescé, avant de se mettre à sourire. Ce serait merveilleux, n'est-ce pas ?

– Sauf que Jamie va vouloir avoir une chèvre qui pue, ai-je ajouté.

– Pas question! a-t-elle répliqué en riant. Les chèvres, ça te mange tous tes vêtements, si tu t'en approches trop!

– Et est-ce que tu as des nouvelles de Daniel?

– Il nous a tous invités à aller passer les vacances chez lui, m'a-t-elle expliqué, tout excitée.

– Vraiment?

– J'ai demandé à papa au téléphone, hier, si on pouvait y aller, et il a dit oui, à condition qu'on en ait les moyens. Alors je vais m'assurer que ce sera le cas! D'ailleurs, le bébé de Paul et Sarah m'a donné une idée. Maintenant que j'ai quatorze ans, je peux gagner un peu d'argent en gardant des enfants.

– On va pouvoir retourner sur l'île, alors!

– Oui, mais pas dans ce sale canot, merci bien!

Vicky m'a souri.

– Tu te souviens de la fois où nous avions fait du pédalo, dans ce grand parc, il y a des années? Toi, maman et moi dans un pédalo, et papa et Jamie dans un autre?

– Ouais, et papa avait décidé qu'on allait faire la course.

– Mais on arrivait seulement à faire reculer notre pédalo. Et papa donnait des ordres, tout sérieux, mais maman avait attrapé un fou rire. Plus il essayait d'aider, plus elle riait fort, alors nous n'arrêtions pas de tourner en rond, encore et encore, jusqu'à ce que cet homme nous ordonne de rendre les pédalos...

– Et maman avait affirmé que c'était le tour de bateau le plus amusant qu'elle ait jamais fait, ai-je conclu.

Nous nous sommes toutes les deux mises à rire. Vicky et moi parlons beaucoup de maman, maintenant. Parfois, ça me rend triste et je pleure un peu, parce que je sais qu'elle ne rentrera plus jamais à la maison. Mais, d'autres fois, ça me fait tout chaud dans le cœur de penser à elle et de me rappeler des choses. Je sais qu'elle est morte et que son corps ne marche plus, mais je crois que son esprit est resté sur notre île. Et Vicky est d'accord avec moi.

Chapitre 52

C'était samedi matin, et on a sonné à la porte de Sandy.

— Vicky ! a hurlé Nana d'en bas.

J'ai jeté un coup d'œil dans la chambre pour vérifier que nous avions bien tout pris, j'ai attrapé la valise que Sandy nous avait prêtée, et je me suis dirigée vers l'escalier. Jamie m'a dépassée en courant et l'a dévalé trois marches à la fois.

— Il est là ! a-t-il hurlé, ne s'adressant à personne en particulier. Papa est là !

Il a ouvert la porte d'un coup, et lui et Nana se sont lancés dans les bras de papa.

— Wow ! a fait papa dans un éclat de rire, en les soulevant du sol. Tout est prêt, Vicky ?

J'ai hoché la tête, puis j'ai couru dans ses bras aussi.

Sandy est arrivée en tenant dans ses mains un paquet emballé dans du papier d'aluminium.

— J'avais un peu de temps devant moi, a-t-elle dit en tendant le paquet à Nana. Ce sont des crêpes au chocolat.

Nous l'avons remerciée pour tout ce qu'elle avait fait, puis nous avons chargé nos affaires dans le coffre du taxi. Nous avons fait nos adieux et Sandy nous a promis de venir souper chez nous la semaine suivante. Nous sommes montés dans le taxi et nous avons salué Sandy de la main en nous éloignant, jusqu'au coin de la rue.

Au bout d'environ quinze minutes de trajet, nous nous sommes arrêtés devant un immense immeuble d'habitation, entouré d'autres grands bâtiments semblables. Nous avons sorti nos valises du taxi pendant que papa payait le chauffeur. J'ai regardé le grand immeuble en béton. Papa m'a jeté un coup d'œil nerveux, mais je lui ai souri.

— Ne t'inquiète pas, papa. On pourrait bien aller vivre dans une boîte en carton, pourvu qu'on soit ensemble !

— On va vivre dans une boîte ? a demandé Nana.

— Non, on va vivre là-haut, a répondu papa en montrant le haut de l'immeuble. Au dixième étage.

Jamie et Nana ont essayé de compter les étages pour déterminer où se trouvait notre appartement.

— Allez, ai-je lancé, on y va !

À l'intérieur, il y avait des escaliers et un ascenseur. L'ascenseur faisait de drôles de bruits et Nana avait un peu peur, alors elle s'est cramponnée à papa. Nous sommes sortis de l'ascenseur au dixième étage, et nous avons regardé autour de nous. Il y avait quatre appartements à cet étage, un dans chaque direction.

— Voilà le nôtre, a dit papa en indiquant une porte en mauvais état, sur laquelle était écrit « 42 ».

La porte en face de la nôtre s'est ouverte. Une dame en sari tenant un petit enfant sur la hanche et une poussette pliée dans l'autre main en est sortie. Elle nous a jeté un regard méfiant.

— Bonjour, lui a dit Nana. Nous allons vivre dans l'appartement quarante-deux.

— Bienvenue, lui a-t-elle répondu avec un sourire timide.

Papa a tourné la clé dans la serrure de la porte de notre nouvel appartement, et l'a ouverte.

— L'appartement est dans un drôle d'état, a-t-il admis en ramassant une enveloppe brune qui se trouvait sur le paillasson. Mais je vais m'en occuper petit à petit. Des meubles vont être livrés bientôt.

J'ai jeté un coup d'œil autour de moi. À part quelques valises et plusieurs grandes boîtes en carton qui débordaient de casseroles, de vaisselle, de linge de lit et d'autres objets, l'appartement était vide. Il y avait un petit couloir, un salon, une cuisine, une salle de bain et deux chambres – une petite, et une encore plus petite. Les gens qui avaient vécu là avant aimaient l'orange vif, le violet criard et le brun chocolat. Beaucoup. Chaque pièce était décorée dans ces couleurs, à part la salle de bain, qui était totalement verte, du sol au plafond en passant par les murs, et même la baignoire, la toilette et le lavabo.

— Si Nana et toi partagez la chambre la plus grande, Jamie peut prendre la toute petite chambre, et moi, je dormirai dans le salon, sur le canapé, quand il sera là, a dit papa.

Il nous a expliqué qu'on lui avait trouvé une formation, dans un centre local qui aidait les anciens prisonniers à trouver du travail en leur apprenant à restaurer des meubles. Les gens du centre allaient venir nous en livrer quelques-uns, afin que nous puissions nous asseoir et dormir dans des lits. Ça ressemblait au centre où Rosie m'avait dit que son père travaillait, quand elle avait su que le mien sortait de prison.

— Mais je croyais que ton père avait un magasin chic d'antiquités, avais-je répliqué.

Elle m'avait regardée en souriant.

— Mais qu'est-ce qui a bien pu te donner cette idée ? m'avait-elle répondu.

Jamie a ouvert une porte dans le salon.

— Il y a un balcon, a-t-il annoncé.

Nous l'avons suivi à l'extérieur. Il y avait tout juste assez de place pour nous tous. Il y avait quelques pots de fleurs abandonnés dans un coin, et une corde à linge était tendue d'une extrémité du balcon à l'autre.

— Il n'y a pas de jardin, malheureusement, a marmonné papa.

— Il y a un parc, là-bas ! a crié Jamie, qui profitait de la fantastique vue.

Ce parc avait l'air beaucoup plus joli et bien mieux entretenu que celui où nous vivions avant. Il y avait deux courts de tennis, une zone de jeux, des terrains de soccer, et un lac avec une petite île au milieu.

— Nous n'avons pas besoin de jardin, papa, nous pourrons aller là, a affirmé Nana.

J'ai regardé en bas, dans la rue, et j'ai vu un gros camion s'arrêter. Deux hommes et une jeune fille sont descendus du camion. À ma grande surprise, elle a levé la tête et m'a fait un signe de la main. J'ai regardé un peu mieux. C'était Rosie !

Les hommes ont commencé à décharger les meubles.

— Espérons que l'ascenseur ne va pas tomber en panne, a murmuré papa pendant que nous nous dépêchions de descendre les aider.

— Rosie ! me suis-je exclamée en arrivant en bas.

— Je me suis dit que j'allais venir donner un coup de main, m'a-t-elle répondu avant de se tourner vers son père. Papa, voici mon amie Vicky.

Je l'ai regardé et lui ai souri. J'ai senti mon visage rougir.

— Ravi de te rencontrer ! m'a-t-il lancé. Tu devrais venir à la maison, parfois, et forcer un peu Rosie à se sortir le nez de ses livres !

— Papa, franchement ! a sifflé Rosie en levant les yeux au ciel. Tu es teeeellement embarrassant...

— Mais c'est à ça que servent les pères, non ? a plaisanté papa.

Le père de Rosie et Dave, l'autre homme, ont ri.

— Ha ! Ha ! Très drôle..., ai-je fait en souriant à Rosie.

Deux heures plus tard, notre nouvel appartement était équipé d'un canapé et de deux fauteuils. Il y avait des lits superposés dans la chambre que j'allais partager avec Nana, et un petit lit dans celle de Jamie. Nous avions aussi une table à rabat, quatre chaises, une garde-robe et deux commodes à tiroirs.

Après une collation de crêpes au chocolat, Rosie, son père et Dave sont repartis et nous avons commencé à défaire nos caisses. Nous avons fait les lits et rangé le reste des affaires.

Un peu plus tard, cet après-midi-là, madame Frank est venue faire sa première visite. Je me sentais très nerveuse, et même Jamie s'est comporté de façon exemplaire. En fait, j'ai bien l'impression qu'elle nous admire secrètement. Elle a donné un livre de recettes à papa et, bien qu'elle ait mangé trois crêpes au chocolat, elle a insisté pour signaler les recettes « intéressantes sur le plan nutritionnel » à l'aide de son feutre vert fluorescent. Nana n'a manifestement pas apprécié.

— Pas question que je mange de ça ! a-t-elle lancé en montrant la photo d'un ragoût de foie de veau aux navets.

Je pensais que madame Frank allait se vexer, mais elle a jeté un coup d'œil à la photo, a éclaté de rire et a dit à Nana qu'elle était bien d'accord avec elle.

Ce n'est qu'après le départ de madame Frank que j'ai remarqué l'enveloppe que papa avait ramassée quand nous étions arrivés dans l'appartement. Elle était posée sur une tablette, dans ma chambre, juste derrière le petit pingouin de Nana. Papa avait dû la poser là pour ne pas la perdre. Elle m'était adressée... et elle venait de Daniel.

Dedans, il y avait la photo que grand-tante Irène avait prise de papa, maman, Rhianna, Jamie et moi, près du lac. C'est ça que Daniel avait retrouvé dans la grotte. J'ai souri. Il avait réussi à sauver l'objet le plus précieux à nos yeux à tous. À part une petite déchirure sur le bord, elle était en parfait état. J'ai caressé du doigt le visage de maman. « Ce ne sera plus jamais pareil, sans toi... », ai-je pensé.

Mais, tout au fond de moi, j'avais ce pressentiment merveilleux que c'était le début d'un tout nouveau chapitre de ma vie. Et, peu importe ce qui allait se passer, tant que Nana, papa, Jamie et moi étions ensemble, tout irait très bien.

génération
LA collection pour
jeunes adolescentes.
Des romans à la fois drôles
et tristes, intenses et légers.

Dans la même collection
et de la même auteure

Laura Summers

Un cœur pour deux

À quatorze ans, Becky rencontre les mêmes problèmes que beaucoup d'adolescentes : un petit frère trop collant, une mère surprotectrice et des camarades de classe vraiment détestables. À la différence qu'elle doit affronter un défi de taille qui n'est pas le lot de plusieurs : une greffe du cœur.

Pas facile de s'adapter à cette nouvelle vie quand les germes te terrorisent et que des idiots racontent n'importe quoi sur ton compte, allant jusqu'à te surnommer Miss Frankenstein ! Heureusement que Léa, Julie et Alicia sont là pour épauler Becky... du moins, jusqu'à ce que leur amie devienne un peu étrange !

En effet, depuis l'opération, la jeune fille adooore le beurre d'arachide (qu'elle avait auparavant en horreur !), joue au hockey comme une pro et a tendance à remettre les gens à leur place de façon, disons, pas mal violente ! Aussi, des images de personnes et de lieux inconnus apparaissent dans son esprit. Que signifient-elles ? Mystérieusement attirée par un parc de l'autre côté de la ville, Becky y fait la rencontre de Sam, un beau garçon qu'elle a l'impression de déjà connaître. Pourra-t-il l'aider à retrouver cette maison aux volets verts qui surgit constamment dans sa tête ?

Dans la même collection
et de la même auteure

Laura Summers

Sauve qui peut !

Un père devrait être attentionné, et non manipulateur. Un mari devrait être aimant, mais pas jaloux et violent. Quand l'homme de la maison devient incontrôlable, la mère d'Ellie et de Grace ne voit qu'une solution pour protéger ses filles : partir le plus loin possible sans regarder derrière. N'emportant que l'essentiel, elles décident de réinventer leur vie à leur façon.

Arrivées au bord de la mer, elles trouvent refuge dans une vieille caravane sur un terrain de camping. Alors que leur mère commence à travailler au café de la plage, les deux jeunes filles vont dans une nouvelle école où elles ont à apprivoiser leurs camarades. Pas facile quand on ne veut pas dévoiler certains éléments de son passé...

Pour garder un secret, il y a deux options : se taire ou mentir. Ellie laisse libre cours à son imagination et se crée une histoire à rendre jalouses ses nouvelles amies. Quant à Grace, c'est l'occasion d'apprendre à faire confiance aux autres et peut-être même de sortir du mutisme dans lequel elle est plongée depuis trop longtemps.

Cette nouvelle vie leur plaît. L'avenir s'annonce meilleur, plus heureux et, surtout, plus excitant. Mais le passé restera-t-il derrière elles encore longtemps ? Affronter la réalité est difficile, mais c'est souvent le seul moyen de vivre pleinement sa liberté !

f
Découvrez d'autres titres de la collection
« Génération Filles » sur
www.facebook.com/
collectiongenerationfilles

Achevé d’imprimer au Canada
sur les presses de Imprimerie Lebonfon Inc.